BLT
Mit der Welt
auf Buchfühlung

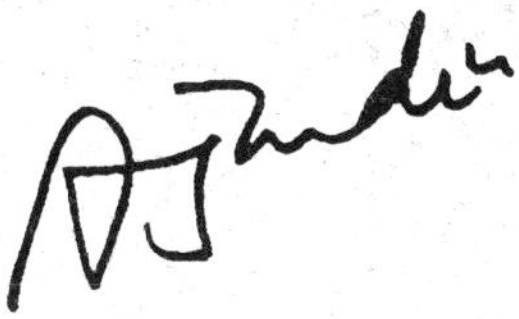

Alexandre Jardin wurde 1965 geboren und ist,
wie einst sein Vater Pascal Jardin, als Filmemacher
und Schriftsteller gleichermaßen erfolgreich.
1986, im Alter von 21 Jahren, erhielt er für den
Roman *Le Zèbre* den *Prix Femina*.
Bei BLT ist 2001 der hoch gelobte Roman
Der große Zubial erschienen.

Alexandre Jardin

Liebestoll

Aus dem Französischen von
Veronika Cordes

BLT

B L T
Band 92 116

1. Auflage: November 2002

Für Hélène, das Lebendige
in meinem Leben

Vollständige Taschenbuchausgabe

BLT ist ein Imprint der Verlagsgruppe Lübbe

Titel der Originalausgabe: *Autobiographie d'un amour*

Titel der dort erschienenen Hardcoverausgabe:
Autobiografie einer Liebe
Lizenzausgabe: Verlagsgruppe Lübbe GmbH & Co. KG,
Bergisch Gladbach
Einbandgestaltung: Gisela Kullowatz
Titelbild: Getty Images
Autorenfoto: © by Jacques Sassier
Satz: hanseatenSatz-bremen, Bremen
Druck und Verarbeitung: Elsnerdruck, Berlin
Printed in Germany
ISBN 3-404-92116-X

Sie finden uns im Internet unter
http://www.luebbe.de

Der Preis dieses Bandes versteht sich einschließlich
der gesetzlichen Mehrwertsteuer.

Die herrlichste Narretei ist nicht die zu lieben, sondern anderen zuzugestehen, sich zu lieben.

Jacques Salomé

I

Öffne die Augen in den Augen,
die du geöffnet zu haben glaubst.

Christiane Singer

Wo findet das wahre Leben statt? Diese Frage, die man sich als junger Mann stellt und die vielschichtige Gefühle widerspiegelt, zog Alexandre Rivière immer wieder zu den Frauen hin. Die Liebe war für ihn bei weitem kein Zeitvertreib, sondern seit jeher der einzig triftige Grund weiterzuleben, eines jener seltenen Opiate, die seinen freudigen Pessimismus zu dämpfen vermochten.

Die Abscheu, auf der Welt zu sein, hatte ihn schon frühzeitig gepackt; lediglich seine ausgeprägte Schwäche für das andere Geschlecht erwies sich als linderndes Pflaster. Als Opfer seiner eigenen zur Schau getragenen Heiterkeit stürzte sich Rivière in Vergnügungen, nahm jede Gelegenheit war, ausgelassen zu sein und über alles zu lachen, vielleicht um sich einzureden, daß er das Leben nicht allzu schwernahm. Dennoch machte ihm, dem Zweiunddreißigjährigen, die Liebe zu schaffen wie eine vom Schicksal vorbestimmte Niederlage.

Die ausgefallenen Ansprüche seiner Ehefrau hatten ihn lange Zeit verunsichert; dann, nach diversen Affären, in denen er Zerstreuung gesucht hatte, begann er sich zuzugestehen, daß man den Erwartungen einer jungen Frau nur entspricht, weil man sich dadurch ein erfülltes Leben erhofft. Als hätten Jeannes Bedürfnisse, ja selbst ihr Groll, ihn mehr als alles andere reifen lassen. Als ob seine Frau dadurch, daß sie seine Intimität verletzte, ihn dafür entschädigte, lediglich ein Mann zu sein. Nur eine Gefährtin, die sich traute, die entscheidenden Fragen zu stellen und ihn nicht zu schonen, konnte ihn dazu bringen, alles, was er war, auszuschöpfen, selbst das Zarte seiner Persönlichkeit. Wenn er einmal den Erwartungen seiner besseren Hälfte nicht entsprach, fühlte sich Rivière sofort halbseitig gelähmt.

Entsprechend sehnsüchtig hatte er seit sieben Jahren darauf gewartet, durch die Ehe zu einem besseren Menschen zu werden. Daß er seinen Egoismus über Bord werfen, mehr geben denn nehmen, dahinterkommen würde, was seine Frau quälte und was er nicht verstand. Diese Kur der Wahrheitsfindung, so seine Hoffnung, sollte ihm seine eigenen Bedürfnisse vor Augen führen, ihm nicht länger vorgaukeln, ein ganz normaler Mensch zu sein, und ihn aus seinem bequemen, satten Lehrerdasein in den Tropen, genauer gesagt auf den Neuen Hebriden, herausreißen. Als er dann auf die Dreißig zugegangen war, hatte er jedoch einsehen müssen, daß ihre so muntere und verheißungsvolle Liebe bereits in einer Kloake von Kompromissen schwamm. Er, Alexandre Rivière, würde niemals der Inbegriff für Jeannes Glück sein.

Beherrscht von Mißmut, der zusehends größer wurde und dazu geführt hatte, daß ihr Lächeln erloschen war, gab Jeanne sich jetzt zugeknöpft und abweisend. Wenn sie nachts geistesabwesend in seinen Armen lag, gab sie sich ihm zwar noch hin, aber sie tat es, ohne auch nur ein bißchen etwas von sich selbst preiszugeben. Jeanne verhielt sich im Bett unverbindlich, infizierte ihn nicht länger mit dieser Malaria der Begierde, die sie einst beide vor Wollust atemlos gemacht hatte. Die schludrig und mit Abscheu praktizierte körperliche Liebe war der letzte Stoß, den sie ihm versetzen konnte, ihre Art, ihm vorzuwerfen, kein Mann mehr zu sein. Die entschwundene Nähe, das Herantasten aufeinander zu, das sie ihm inzwischen verweigerte, und ihr stets verschlossenes Gesicht gruben sich ihm Tag für Tag tiefer ins Herz. Er litt darunter! Und verlor sein Selbstbewußtsein.

Wann immer Alexandre auf Liebe zu sprechen kam, wurde Jeanne ungemein ironisch, warf ihm seine Fehler vor, bezweifelte seine Bemühungen, wies ihn mehr oder weniger ab. Auf grausame Weise entschädigte sie sich für das blinde und uneingeschränkte Vertrauen, das sie ihm einst geschenkt hatte. Durch kleine Spitzen ließ sie ihn die ohnmächtige Wut der eher Betrogenen als Betrügenden spüren, war in allem anderer Meinung. Jedesmal wenn er Anstalten machte, diesen Zusammenbruch auf Raten durch ein possenhaftes Verhalten aufzuhalten, konterte sie mit zeitweiligem Schweigen und leeren Blicken, die einen Schutzwall zwischen ihnen errichteten. Jeanne glaubte nicht länger an seine Küsse; sie vertrocknete aus Enttäuschung.

Kurz nach ihrer Ankunft in den blauen Weiten Ozeaniens, in Port-Vila, auf einer der feuchtheißen kleinen Inseln, die damals die Neuen Hebriden ausmachten, waren Jeannes Qualen noch größer geworden, kam sie sich doch mutterseelenallein auf diesem verschlafenen Archipel vor, auf dem alles darauf abzielte, sich in das Unsägliche zu teilen, im Gleichklang zu atmen. Wie hätte sie ihren Kummer inmitten einer derartigen Traumlandschaft, in einer solchen Blumenpracht hinausschreien sollen? Die Mangrovenbäume, die vielfarbenen Korallen, an denen man nicht anders als sich begeistern konnte, die satten Blautöne der Lagunen, all diese sonnenverklärten Gauguin-Impressionen kündeten von einer Ungezwungenheit, von wiedererlangter Unschuld und greifbaren Perspektiven – derweil sie an einer Einsamkeit zerbrach, die die Unverstandenen erstickt. Der dumpfe Rhythmus des Grenzenlosen forderte sie auf, sich für eine Liebe zu öffnen, die mit gefährlichen Wahrheiten durchzogen war, erfüllt von einem Lachen, das ihr gegenwärtig unerreichbar schien. Statt Unendlichkeit herrschte zwischen ihnen Resignation, schnöde Mittelmäßigkeit.

Trotz der Bemühungen der jungen Frau, ihrem Mann von Zeit zu Zeit ein wenig Zuneigung zu beweisen, büßte Alexandres Leidenschaft unter Jeannes Blicken an Farbe ein, und seine Absichten wurden zunichte gemacht. Jede einzelne ihrer ehelichen Launen war außergewöhnlich und sie selbst das Produkt ihrer Launen. Noch immer hoffte Alexandre an manchen Abenden, sie würde mit etwas aus ihrer gemeinsamen und so anregenden Vergangenheit aufwarten; diese starrköpfige, pubertäre, in seinem Herzen verkapselte Hoffnung zermürbte ihn schließlich.

Beim Abendessen genügten jetzt zwei Bemerkungen, um jeden Versuch einer Unterhaltung zunichte zu machen. Jeannes Teilnahmslosigkeit verriet ihm deutlich ihren Unmut, in seiner Gesellschaft zu speisen. Deshalb verzichtete Alexandre zunehmend auf den Nachtisch und gab vor, Hefte korrigieren zu müssen, was, so sehr es auch zutraf, nicht der Wahrheit entsprach. Es drängte ihn, sich für den Rest des Abends zu verziehen, in ein kleines, von Sandelduft erfülltes Zimmer ihres kleinen, bescheidenen Holzhauses, das er sich vorbehalten hatte und das vollgestopft war mit Kleinigkeiten aus dem letzten Jahrhundert: einem übel zugerichteten Mahagonisekretär aus Borneo sowie anderen lädierten Möbelstücken, Überbleibseln eines in Seenot geratenen Klippers. Zu einer Stunde, da feuchter gemeinsamer Schlummer Port-Vila verstummen läßt, gelang es ihm dort, weit weg vom trüben Ehetrott und eingehüllt in die violette, vom Duft der Elsbeeren erfüllten Nacht, sich für eine Weile dem tropischen Stumpfsinn zu entziehen.

Von seinem Zufluchtsort aus blickte Rivière auf die mit Kokospalmen gesäumte Rue La Pérouse, die sich hinauf ins australische Viertel zog, vorbei am Justizpalast, dem Amtssitz zweier Behörden, die eine zuständig für die französische, die andere für die englische Gemeinde. Diese kurze Straße, abschüssig und holperig, war um 1920 vom Architekten Vollard völlig geradlinig angelegt worden, zu einer Zeit, da die nordamerikanischen Börsen den Kurs für Kopra in die Höhe trieben, eines dieser gewagten Jojo-Spiele, die den Wohlstand der ersten Kolonialsiedler auf den Neuen Hebriden begründeten. Das Gebäude gegenüber, das schweren Erdbeben und verheerenden Wirbelstürmen getrotzt hatte, wie sie in der Region durchaus üblich sind, war mit den Spuren gefräßiger Termiten durchzogen; die Fassade aus exotischen Hölzern glich in etwa der der Rivières gegenüber.

Über Stapel orthographischer Fehler gebeugt und wuterfüllt, weiterhin in keiner Weise in der Lage zu sein, Jeanne aus den Fallstricken ihres Grolls zu befreien, ließ Alexandre seinen Blick durch das mit Moskitonetzen abgedichtete Zimmer schweifen, erkannte in dem Wirrwarr von Möbeln Parallelen zu seinem eigenen Leben, das Stückwerk beklemmender Erfahrungen. Kurzum all das, was den Alltag aushöhlt und wodurch dieser an Gefälligkeit verliert. Er spülte seinen Schmerz mit einem einheimischem Alkohol hinunter. Schlückchenweise gab ihm der Kawa in dieser gottgefälligen und friedlichen Nacht Gedanken ein, die oberflächlich blieben, vermittelte ihm Ruhe und schenkte ihm Vergessen. Das war Alexandres Rezept, darüber hinwegzukommen, zu nichts nütze zu sein. Er war nichts, nichts als einer dieser vierzigtausend untauglichen Ehemänner, die auf den Hebriden Tag für Tag einer Frau das Herz schwermachten und sich ihres Körpers bemächtigten, ohne etwas von sich selbst zu geben oder doch zumindest zu wenig. Soweit es sein Liebesleben betraf, kam sich Rivière wie ein Schauspieler vor, den man geohrfeigt hat, und das verschreckte ihn. Daß er unglücklich war, behagte ihm ganz und gar nicht. Die Verdrossenheit blieb eine Partitur, gegen die er aus tiefster Seele aufbegehrte.

Jedesmal wenn er sich bemühte, für einen Augenblick heiter zu sein, hatte er das Gefühl, als sei dies ein Vorschuß auf eine Summe, die ihm seit jeher zustand, eine karge Akontozahlung auf das unverschämte Kapital an Glück, das seinem Zwillingsbruder Octave zugefallen war. Seit ihrer Geburt hatte der sich nach außen hin so aufgekratzt gebende Alexandre die Schattenseiten des Duos für sich gepachtet, all den Mißmut, der mit dem Menschsein einhergeht, und Octave den mühelosen Erfolg überlassen, den hemmungslosen Triumph, das unbeschwerte Leben, diesen leichten Gang, den er, Alexandre, in seiner Spur unterhöhlte. Selbst wenn Octave nichts tat, hatte er den Eindruck vermittelt, ständig in Bewegung zu sein und, beseelt von einem strahlenden Charakter, überall den Ton anzugeben, während Alexandre, eingezwängt in das Korsett guter Erziehung, verunsichert, häufig neben sich stehend und voller Mißtrauen in sein zauderndes, verträumtes Wesen, sich für gewöhnlich darauf beschränken mußte, nur einen Bruchteil seiner eingekapselten Lebenskraft auszuschöpfen. Alexandre kam sich vor wie der Vorentwurf, die mißlungene Skizze von Octave, dem vom Glück eindeutig Bevorzugten, erst recht nachdem dieser vor dreizehn Jahren unter nicht geklärten Umständen bei den Banks-Inseln, anläßlich einer Jagd auf Meereskrokodile, verschwunden war. Octave war ihm wie mit einem Heiligenschein verklärt im Gedächtnis geblieben, gleichsam als zweites Ich, das einmalig gewesen war, vom Zufall begünstigt, verschont von Anflügen feigen und niedrigen Verhaltens.

Eines Nachts nun geschah es, daß Alexandre auf Judith aufmerksam wurde, während er sich mit Blick auf die vom Mondlicht beschienenen Blechdächer dem Alkohol hingab, um so die drückende Last seiner Ehe abzustreifen. Sie wohnte zwei Stockwerke tiefer, in dem Gebäude gegenüber, das ihm unter der Wirkung des Kawa mehr denn je wie ein Abklatsch seines Hauses vorkam. Neugierig, weil er ein Mann war, wunderte sich Rivière, sie noch nie von seinem Fenster aus gesehen zu haben. Schließlich war Port-Vila keineswegs eine Großstadt, in der eine solche Gestalt unbemerkt hätte bleiben können. Diese leibhaftige Verlockung zu leichtfertigen Vergnügungen mußte zwangsläufig all die aufrütteln, deren Gedanken um Frauen kreisen.

Judith war nicht der wirkliche Name dieser Nachbarin, die noch keine Bedrohung darstellte und die er im Halbdunkel ihrer Fenster, zuweilen im Gegenlicht hinter den Vorhängen ausmachte; Judith war der Name einer Frau aus einem Traum, der Name, den Alexandre der imaginären Geliebten gegeben hatte, die er als Jüngling für sich erfunden hatte, als die Realität seiner Liebschaften ihn ernüchterte und er bestürzt feststellen mußte, daß es anscheinend sein Los war, von den jungen Mädchen, die damals bereit waren, sich mit ihm einzulassen, derart verkannt zu werden. Seine Judith war eine Frau, die er wirklich verstanden, in ihren Widersprüchen erfühlt, wegen ihrer Aufrichtigkeit geliebt hätte; eine Mätresse, die er hingebungsvoll befriedigt, mit der er die unglaublichsten Taumel, gefährliche, ihnen beiden unbekannte Fieberschübe durchlebt hätte. Seit Beginn ihrer Zweisamkeit hatte Alexandre gehofft, Jeanne würde seine Judith sein, die Trapezkünstlerin, die ihm eines Tages mit verbundenen Augen aufs Seil folgen würde, ohne zusätzliches Netz außer dem ihres rückhaltlosen Vertrauens. Die sich dahinschleppenden Jahre, in denen ihre Liebe schal geworden war, hatten zu ihrer Entzweiung geführt und dazu, daß Alexandre diesem liebgewordenen Traum nachhing.

Er wußte nicht recht warum, aber im Verlauf weniger Abende hatte jene unbekannte Nachbarin den Namen Judith getragen und fortan die Träume verkörpert, die sich um ihn rankten. Von Anfang an setzte sie ihm heftig zu und schürte sein Verlangen; es war ihm unmöglich, sich von dieser tückischen Obsession zu befreien. Ohne Zweifel tat es Alexandre gut, seine Verletzlichkeit auf dieses gesichtslose Mädchen zu übertragen, das da auf der anderen Straßenseite wohnte, außerhalb seiner Wirklichkeit, auf dieses verschwommene Bild, von dem er nicht fürchten mußte, daß es seinem Schicksal in die Quere kam. Diese ungemein berechnende Passion, eine Sache, die er voll im Griff hatte, richtete bei ihm keinen Schaden an, ließ im Gegenteil seine Verbitterung vernarben und bestärkte ihn darin, keine seelenlose Maschine geworden zu sein, die unfähig war, jemanden zu lieben, und das zu einer Zeit, da er auf dem Markt der Gefühle kaum noch an sich glaubte. Somit lebte er mit Judith eine geheime, vor Enttäuschungen geschützte Liebe, die ihn abends Jeannes Verachtung enthob und ihn so weit sein Gleichgewicht wiederfinden ließ, daß es ihm möglich war, kurz nachdem Judith ihre Nachttischlampe gelöscht hatte, ins Ehebett zu steigen und sich in die blitzsauberen Laken zu schmiegen, neben den zusammengerollten Körper von Jeanne, die der Schlummer bereits übermannt hatte – seit langem schon schlief er neben einem Rücken; an dessen Seite streckte er sich aus, noch aufgewühlt von dem schemenhaften Bild Judiths, einer Collage von Gefühlen, denen er nachspürte, während er gleichzeitig die Umrisse ihres herrlichen Körpers zu erahnen suchte, durch die Falten der Vorhänge oder in dem Spalt dazwischen, wenn sie einmal nicht ganz geschlossen waren. Es konnte sogar vorkommen, daß das Bild schärfere Konturen annahm, trotz des erdigen Alkohols, der Alexandres Augen müde und das Spiegelbild auf den Fensterscheiben noch verschwommener werden ließ.

Judith legte sich jeden Abend auf ein Bett, häufig genug mehr oder weniger in dem Augenblick, da Rivière sein Refugium betrat. Ihr Zimmer konnte er nicht deutlich einsehen, dazu war der Blickwinkel zu schräg; außerdem knipste sie für gewöhnlich nur eine Lampe an, eine Metalleuchte, deren Lichtkegel auf ein großes Heft gerichtet war. Das nächtliche Ritual dieser Frau, die ihre Einsamkeit zu genießen schien, rührte ihn von Abend zu Abend mehr an; und angesichts dieses Gefühls, das sich nach und nach eingestellt hatte, war er um so verblüffter, als Judith am siebten Tag haargenau das zu tun begann, wogegen er sich verwahrt hätte, wenn Jeanne in seinem Beisein auf eine solche Idee verfallen wäre: Sie löste ihr Haar, brachte mit einer Bürste ihre blonde Mähne zum Leuchten – wo er doch glaubte, nur auf hochgestecktes Haar zu stehen, zu einer Frisur gebändigt, die sich auf den Kopf konzentrierte und einen anmutigen Nacken freigab. Judith probierte Kleider durch, die er, um sein Entzücken zu dämpfen, reichlich ordinär fand. Als nächstes griff sie zu verschiedenen Perücken, verwandelte sich innerhalb weniger Minuten in einen Rotschopf, in aufreizend Loderndes oder unerwartet Strenges. Dann zog sie Stiefel an, von denen manche Schäfte bis hinauf zu den Oberschenkeln hatten, drehte und wendete sich. Ihre Aufmachung kränkte Rivière, ebenso die Art und Weise, wie sie sich in den Hüften wiegte, als sie vor einem Spiegel zu tanzen anfing, gestenreich und mit nichts weiter als einem winzigen Slip bekleidet. Dafür verriet ihr Verhalten jetzt so viel Freiheit und einen derart natürlichen Impuls, sich dem bunten Treiben hinzugeben, daß er das Schauspiel gebannt verfolgte. Zu beobachten, wie diese junge Frau aus sich herausging, geschützt vor den Blicken der Männer, befreit von der entwürdigenden Pflicht zu gefallen, machte sie für ihn unwiderstehlich und erinnerte ihn mit einemmal an Jeannes ausgelassene, frivole Art zu Beginn ihrer Beziehung, an dieses gänzlich Unbeschwerte, das sie seinerzeit verkörpert hatte, als sie zur Frau, nicht zur Mutter wurde. Ja, bei Judith spürte er wieder diese zur Schau getragene Zwanglosigkeit, die sich mit einer natürlichen Heiterkeit verband, und gleichzeitig erkannte er, wie schwer es ist, aus sich herauszugehen, und wie sehr dies anspruchsvollen Menschen zu schaffen macht; und dieses Aufeinandertreffen zweier magnetischer Metalle, das eine übertrieben leicht, das andere von großer spezifischer Dichte, wirkte auf Alexandre wie ein Kompaß, der verrückt spielt.

War er auf die Achterbahn der Leidenschaft geraten? Je energischer er sich in den folgenden Tagen zur Vernunft rief, sich klarzumachen versuchte, wie lächerlich ein so wenig tiefgehendes Gefühl war, desto heftiger lehnte er sich gegen die graue Vormundschaft seines Verstandes auf. Die Feuersbrunst, die sich ungehindert ausbreitete, verschlang den Überdruß an einer Ehe, in der aber auch gar nichts mehr zu gehen schien. Sein unbändiges Verlangen, diese Judith in ihrer ganzen Weiblichkeit zu lieben – ja, er war sich sicher, daß sie aus dem Material gestrickt war, aus dem das wahre Leben bestand –, fegte seine Vorbehalte hinweg, trieb ihn zu dieser gefährlichen Unbesonnenheit, in der man der Liebe nachgibt, sobald sie sich unserer bemächtigt.

Aus der Entfernung und vermittels der spärlichen Beleuchtung hatte er Judiths Gesicht noch nicht erkennen können; in seinem verliebten Wahn jedoch dichtete er ihr ein Äußeres an, das ihrem lebhaften Temperament entsprach, einen strahlenden, kecken Blick, der zu ihrem verwirrenden Naturell paßte. Anstatt sie lüstern mit den begierigen Blicken des Voyeurs anzustarren, war Rivière auch weiterhin überglücklich, diese junge Frau einfach nur beobachten zu können, weil ihr Verhalten, das ihn bei Jeanne beunruhigt hätte, sich so voll und ganz mit dem Traum seiner Jünglingsjahre deckte. Diese Neuausgabe von Judith weckte in ihm nach und nach die Lust, sich noch nicht erprobte Freiheiten herauszunehmen, mit der Einfalt zu brechen, die sich seiner bemächtigt hatte. Judith entzog ihm das Gift jeder ernsthaften Überlegung, löste in ihm den fatalen Tropismus des Vergnügens aus.

Eines Abends ertappte sich Alexandre dabei, daß er sein Radio aufdrehte – ein japanisches Musikprogramm, das man auf den Hebriden empfing – und gleichzeitig mit ihr zu tanzen anfing, wobei er versuchte, sich ihre überbordende Ausgelassenheit zu Eigen zu machen. Judith bereitete allem, was ihn bedrückte, ein Ende; mit einem Schwung, der mitreißend war, entfachte sie ein rhythmisches Feuerwerk, das auf den verknöcherten Alexandre übersprang. Getrieben von dem Verlangen, seiner Lebenslust nachzugeben, sich für wenigstens eine kurze Zeit gehen zu lassen, befreite er sich aus dem Korsett seiner guten Erziehung, und der explodierende japanische Rock pumpte endlich wieder Saft durch seinen vertrockneten Körper, der nicht mehr getanzt hatte seit ... Dieses Mädchen weckte seine Lust zu tanzen! Die Lust, das gemeinsame Vergnügen in seine fast miteinander verschweißten Wirbel weiterzuleiten, in seine verklebten Glieder! Als er wieder zu Atem kam, drängte sich ihm eine Frage auf: Würde er es fertigbringen, sich weiterhin mit einer Beziehung zu begnügen, die sich auf ein Beobachten und auf

Monologe beschränkte, jetzt, da allein Judiths Nähe so viele vergessene Gelüste, unter Asche begrabene Fragen weckte?

In den darauffolgenden Tagen grübelte Alexandre unaufhörlich über den Inhalt von Judiths Tagebuch nach. Er ahnte, daß die Wahrheit dieser Frau, die sich zweifellos Seite um Seite eröffnete, Parallelen zu seiner eigenen aufwies; er konnte sich einfach nicht vorstellen, daß sie Nichtssagendes zu Papier brachte oder sich mit lüsternen Überlegungen der körperlichen Art aufhielt. Alexandres Gefühle öffneten Judith Tür und Tor. Die Sinnlichkeit, die er ihr unterstellte, war ihm niemals abwegig erschienen, sondern durchaus bezeichnend für jene, die bei plumpen und unverschämten Fragen innerlich erbeben, anstatt sich genüßlich darin zu suhlen. Das wollte Rivière sich einreden, und es gelang ihm auch. Ohne Zweifel besaß Judith das Talent jener außergewöhnlichen Frauen, die es verstehen, die Männer mit dem Leben in seiner ganzen Fülle zu konfrontieren, dieses wundersame Talent, das sie von so manchen Komplexen befreit. Er ahnte, daß ein Treffen mit ihr entscheidend für ihn sein würde, und seine verkorkste und mumifizierte Person in ein quicklebendiges Wesen verwandeln würde, eher dazu bestimmt, sich zu entfalten als sich fortzupflanzen. Und dann beobachtete er eines Abends, wie der chinesische Schatten von Judith einen Strick an einem Haken an der Zimmerdecke befestigte und gekonnt das untere Ende zu einer Schlinge knüpfte, um dann einen Hocker heranzuziehen und dem Ende entgegenzusteigen.

Fassungslos verharrte Rivière einige Sekunden lang untätig, ehe er begriff, daß er drauf und dran war, Zeuge eines Selbstmords zu werden. Judith, seine Judith, schickte sich an, ihren Kopf in die Schlinge zu stecken! Nachdem er sich wieder gefangen hatte, griff er zum Telefon, um jemanden zu benachrichtigen – nur wen? –, doch im selben Moment stieg sie – durch eine Fügung Gottes? – wieder vom Schemel. Keuchend und Kawa ausschwitzend legte er den Hörer auf und sah, die Augen fest auf das Fenster gerichtet, daß sich die Schattengestalt zurück in ihr Bett, zu ihrem Heft begab.

Zitternd vor Erregung und vom Alkohol umnebelt, faßte Alexandre an diesem Abend den Entschluß, in Judiths Leben zu treten, ihr unverzüglich seine volle Anteilnahme anzudienen, jenen übernatürlichen Balsam, der das Leben mitunter ein wenig leichter macht und über seine Abgründe hinweghilft. Zu so später Stunde? Das Vorhaben mochte gewagt erscheinen, aber jetzt wußte er um ihr Geheimnis, um die schreckliche Todessehnsucht, die sie verfolgte. Angesichts dessen waren die Maske der Schicklichkeit und formvollendetes Benehmen nicht länger angezeigt. Da er jedoch nicht in der Lage war, sich auf das Wesentliche zu konzentrieren, und zu verwirrt, eine klare Entscheidung zu treffen, fügte er sich darein, bis zum Morgen zu warten.

Sobald er aufgewacht war, erholt von den Schrecken der Nacht, wandte sich Alexandre von Jeannes Rücken ab, begab sich hinunter auf die Straße und setzte sich mit einer alten australischen Zeitung in seinen Jeep (gedruckte Nachrichten gelangten durchaus nach Port-Vila, wenn auch ohne Rücksicht auf Pünktlichkeit, häufig bereits verblichen, auf einem Papier, das ebenso vergilbt war wie die Ereignisse). Hinter den Sportberichten, die die Wirklichkeit längst eingeholt hatte, lag er auf der

Lauer, registrierte jede Frau, die aus der Nummer 33 der Rue La Pérouse herauskam, und preßte, wann immer ein weibliches Wesen an der Haustür auftauchte, seinen schlaffen Körper tief in den Sitz. In dieser geduckten Haltung nahm er nichts deutlicher wahr als das Lächerliche seiner Situation. Überhaupt: Wie sollte er Judith ansprechen, ihr Vertrauen gewinnen, ohne aufdringlich zu erscheinen? Konnte er ihre Beziehung offen und ehrlich beginnen, indem er sich, ohne sie zu verschrecken, dem Anschein nach mit einem ersten Zusammentreffen zufrieden gab? Würde ihr sein Äußeres zusagen? Das zweifelhafte Vergnügen, dies in Erfahrung zu bringen, blieb ihm versagt; sie ließ sich nicht blicken.

Auch in den nächsten Tagen – stets hinter einer Zeitung aus dem Süden verschanzt – sah er keine Judith das Haus verlassen; dafür quälte sie ihn abends nicht länger mit ihren Strickspielereien. Alexandre, der wie ein Verdorrter hinter seinem Lenkrad klemmte, verstand die Welt nicht mehr. Stand sie denn derart früh auf? Oder erst gegen Mittag? Fünf Tage später erhielt er durch ein unerwartetes Ereignis die Antwort auf seine Frage.

Plötzlich wurde die Beifahrertür seines Wagens aufgerissen. Eine Frau drängte sich ins Innere, ein ihm vertrautes Parfum, wehte ihr voraus ... es war der Duft des Rückens, der sein Bett teilte!

»Was machst du denn hier?! Was sind das für Mätzchen, die du seit Tagen treibst?« fauchte Jeanne. »Spionierst du mir nach?«

Völlig verstört brachte er mit Müh und Not etwas Albernes heraus, eine dumme Ausrede. Was sollte er auch sagen? Wo es doch tatsächlich so aussah, als beobachte er, wer das Haus, in dem die Rivières wohnten, verließ oder betrat! Jeanne, die jetzt so im Auto saß, daß er ihr Profil mit dem perfekt geformten, etwas eigenwilligen Näschen sehen konnte und dazu den wippenden Pferdeschwanz am Hinterkopf, bebte vor Erregung. Die Sonne Ozeaniens hatte ihr Gesicht leicht gebräunt, sie sah hinreißend aus, trotz allem. Sie war dreißig und schien ihren Zorn zu unterdrücken, hinauszuschieben.

»Nun?« hakte sie nach.

»Nun ... ja«, hörte er sich antworten. »Weil ich eifersüchtig bin.«

In dieser Notlüge schwang eine Spur Ehrlichkeit mit, die direkt anrührend war. Jeanne verschlug es die Sprache. Ein derartiges Geständnis sah Alexandre so gar nicht ähnlich.

»Du liebst mich ...?« hauchte sie endlich so zart, wie er ihr das nicht mehr zugetraut hätte.

Jetzt war auch Alexandre verblüfft. Jeannes verstörter Gesichtsausdruck verriet Erstaunen darüber, daß er ihr offenbar noch immer ein Gefühl entgegenbrachte, das an Zuneigung grenzte. Wo sie sich doch schon seit unendlich langer Zeit auf dem Terrain der Gleichgültigkeit bewegten! In einem zauberhaften Moment der Gefühlsklarheit nahm er eine Frau wahr, die ihn möglicherweise noch nicht ganz zurückgewiesen hatte. Ihr wäßriger Blick, der auf einmal den unterdrückten Kummer erkennen ließ, zog ihm den Boden unter den Füßen weg. Sie versuchte, etwas zu sagen, lächelte aber nur zerknirscht und stieg aus. Das war's.

Beim Abendessen versuchten sie, Alexandres dreiunddreißigsten Geburtstag zu feiern. Ihr beiderseitiges Schweigen war anders als gewöhnlich. Dennoch gelang es ihnen nicht, Worte zu finden, die die Stille durchbrachen und zu einem richtigen Gespräch überleiteten. Jeanne, einmal mehr gekränkt, nicht verstanden worden zu sein, blieb undurchdringlich für ihn. Doch auch seine Schleusen blieben verschlossen. Als die Kerzen gelöscht waren, zog er sich in sein Zimmerchen im obersten Stock zurück. Wenige Minuten später zeichnete sich Judiths Schatten hinter den Vorhängen gegenüber ab. Erneut, aber diesmal ohne Zögern, zog die schemenhafte Gestalt einen Hocker heran, knüpfte eine Schlinge in den Strick, befestigte den Strick an der Decke und steckte den Kopf in die Schlinge.

Völlig entgeistert und ohne zu wissen, wie er diesen Stummfilm anhalten sollte, riß Alexandre jählings das Fenster auf, griff nach der Kawaflasche und schleuderte sie mit aller Kraft in Richtung der Lichtpunkte an Judiths Scheiben. Zwei Stockwerke tiefer barst klirrend das Fenster und gab unvermittelt die Dunkelheit des dahinter liegenden Raumes preis. Niemand war zu sehen! Leere! Es gab keine Judith.

Und jetzt war der entscheidende Moment gekommen, der alles auf den Kopf stellte, der Augenblick, in dem Alexandres Selbstgefälligkeit schlagartig ein Ende finden sollte. In seinem Schreck dämmerte ihm nach und nach, daß seine Judith nichts weiter als das Spiegelbild von Jeanne war. Ihr Konterfei hatte sich an den dunklen Fenstern des unbewohnten Appartements gegenüber abgezeichnet. Wie ein Zerrspiegel hatten die Glasscheiben das heimliche Leben von Jeanne reflektiert. Wochenlang hatte sich Rivière von dem seitenverkehrten Schatten seiner eigenen Frau täuschen lassen! Ohne es zu wissen, hatte er in seinen untreuen Phantasien ausgerechnet die Frau zu seinem Traumbild erkoren, die ihm seit so vielen Jahren mit ihrem düsteren Groll zusetzte. Es war tatsächlich Jeanne gewesen, die ihm die Süße einer verhaltenen Erotik nahegebracht hatte, die schillernden Freuden der Hoffnung, Jeanne, mit der er nur noch aus Höflichkeit schlief! Seine Sinne waren stumpf geworden, die Traurigkeit hatte sie austrocknen lassen, seine Begierde war erloschen.

Vor allem eins wurde ihm im Bruchteil einer Sekunde klar: daß er nichts oder doch fast nichts von dieser undurchschaubaren Frau wußte, die am Abend seines Geburtstags vorhatte, ihn mit ihrem Selbstmord zu belasten. Welcher Widerwille trieb Jeanne dazu? In welche geheimen Labyrinthe hatte sich die Mutter seiner Kinder verrannt? In die ihrer berechtigten Zweifel und zunehmenden Entmutigung? Es war nun mal nicht zu leugnen, daß sein Interesse an Jeannes Seelenzustand vor sieben Jahren erlahmt war, daß er das Weite gesucht hatte vor der wahren Schönheit seiner Frau, vor allem auch davor, sich mit ihr auseinanderzusetzen. Seine sogenannte bessere Hälfte, seine ständige Gefährtin war ihm fremd geblieben, etwas kaum Berührtes, ein Wesen jenseits aller Vorstellungen. Er hatte nichts erahnt. Verbohrt wie er war, hatte er in Jeanne eine Frau gesehen, die mit beiden Beinen im Leben stand, hatte nicht die Maske gesellschaftlicher Konventionen wahrgenommen, mit der sie die blauen Flecken ihrer Seele abdeckte. Er hatte sich versagt, ihre Gefühle zu erforschen, um nur ja nicht zu erfahren, daß sie enttäuscht von ihm war, von diesem Ekel, den er mit seinem jovialen Auftreten zu überspielen pflegte, durch gekünsteltes Lachen oder indem sein unverändert jugendliches Gesicht scheinbare Begeisterung zur Schau stellte. Wie kann man das

Taumeln des anderen hinnehmen, wenn man sich selbst am Rande eines bodenlosen Abgrunds weiß? In diesem entscheidenden Augenblick wurde ihm all dies bewußt, seine Engstirnigkeit inklusive.

Zumindest brachte sich Jeanne an jenem Tag nicht um; der Krach von den berstenden Fensterscheiben gegenüber riß sie noch rechtzeitig aus ihrer hypnotischen Todessehnsucht. Aber von diesem Moment an, aufgerüttelt durch die Druckwelle eines derartigen Theaterdonners, beschloß Alexandre, die Wahrheit über seine Frau zu ergründen, ihren absonderlichen Drang nach dem Maßlosen, selbst auf die Gefahr hin, sie endgültig nicht mehr zu lieben, hinter Jeannes beruhigendem, reservierten Verhalten ein überspanntes Wesen zu finden, das ihn in Angst und Schrecken versetzte, einen Zerrspiegel, ein Trampolin seiner eigenen Wahrheiten. Wer war die Frau, die er geheiratet hatte? Wer war diese Suchende nach dem Absoluten, die ihn seit sieben Jahren immer wieder vor seinen eigenen Abgründen bewahrte, vor dem Rausch seiner Widersprüche und seiner wirklichen Wünsche? Diese heikle Frage, voller Ungereimtheiten und ehelicher Auseinandersetzungen, sollte Rivière ab sofort beherrschen. Nach sieben Jahren fortwährender Täuschungen war er endlich soweit, sich mit dem zu befassen, was sich dahinter verbarg. An jenem Tag trat Alexandre ins wahre Leben ein.

Das rote Heft lag kaum versteckt auf dem Nachttisch, so als hätte es Jeanne darauf angelegt, daß Alexandre es endlich zur Hand nahm, um ihren Geheimnissen auf die Spur zu kommen. Dieser Gedanke durchzuckte ihn, als er am folgenden Morgen nach ihren Aufzeichnungen griff. Der Titel auf dem Einband war alarmierend und machte deutlich, daß es sich um die Autopsie ihrer seit jeher hochgeschraubten Hoffnungen handelte, um die Chronik ihres Mißerfolgs: *Autobiographie einer Liebe.* Er wog das Heft in seinen Händen, zögerte noch, sich auf eine derartige Lektüre einzulassen, auf ein Eintauchen in die verborgenen Winkel der Frau, die er seit sieben Jahren zu kennen meinte. Vor ihm lag ihre Wahrheit, die ganze Wahrheit, die man nur vor sich hinflüstert, während die Füllfeder eintrocknet, die Wahrheit, die verletzend ist und dem Selbstwertgefühl zwangsläufig einen Knacks zufügt und alle Schamhaftigkeit außer acht läßt. Unerträglich, was ihm da offenbar bevorstand: die ungeschminkte Meinung, die Jeanne von ihm hatte, frei von den Polstern der Rücksichtnahme, die Tiefschläge abfedert und weniger nachdrückliche Verletzungen verursacht.

Er schlug das rote Heft auf, und leichenblaß begann er mit der Lektüre des ersten Kapitels in ihrem Tagebuch. Genauso mußte es den Soldaten im Ersten Weltkrieg ergangen sein, die sich dem Sperrfeuer aussetzten, als sie die Schutzwälle in der flandrischen Ebene erklommen. Nach ein paar Seiten war er überrascht, noch am Leben zu sein, kaum verletzt, noch immer aufrecht. Jeanne ging nicht mit dem Bajonett auf ihn los, schrieb lediglich, sie träume von Hochprozentigerem, von einem abwechslungsreicheren Leben, das ihren Ansprüchen genüge; es bekümmere sie, so wenig zum großen Glück beigetragen zu haben; sie äußerte sich sarkastisch über sich selbst, erging sich in Selbstvorwürfen.

Das zweite Kapitel allerdings warf ihn um. Die ersten Seiten, schroffe Worte, waren für Rivière zunächst nichts als eine Abfolge von Beleidigungen. Jeanne schilderte, wie sie sich im Laufe der sieben Jahre ihres als durchaus glücklich getarnten Fiaskos gefühlt habe, abgelehnt, nicht anerkannt als die, die sie war. Stück um Stück zerlegte sie das Trugbild eines lächelnden Glücks und schilderte in allen Einzelheiten eine in seinen Augen banale Episode, die er noch dazu längst vergessen hatte, einen dieser Ausrutscher, der eine Frau dennoch im Innersten trifft, dort, wo sich Verbitterung unauslöschlich eingräbt.

In ihrer Hochzeitsnacht, in Numea, so erinnerte sich Jeanne, habe um ein Uhr morgens ein Wecker geklingelt. Und das, während sie sich mit einer Hingabe ausgeliefert hätte, die bezeichnend sei für ein nicht mehr rückgängig zu machendes Opfer, die der Auftakt zu einer Sinnlichkeit gewesen sei, die sie in ihrem uneingeschränkten Vertrauen weitreichender gewähnt habe. Ein Wecker, dessen Läutwerk sie nicht aufgeschreckt hätte, wenn Alexandre ihn nicht eigens gestellt hätte, um ihrem Fest der Erotik ein Ende zu bereiten.

»Ich muß jetzt schlafen ...«, hatte er nur gesagt. »Ich fahre um fünf nach Lifou, um acht beginnt mein Unterricht.«

»Verstehe ...«

»Du bist nicht böse?«

»Nein ...«, hatte sie, sprachlos vor Entsetzen, geantwortet.

Alexandre sei auf der Stelle eingeschlafen, habe Jeanne von einem Moment auf den anderen sich selbst überlassen. Sie sei gekränkt gewesen, daß er ihr seinen Rhythmus aufgezwungen und keine Rücksicht auf ihre Gefühle genommen habe; ohne ein Gefühl der Regung sei er über ihre Sehnsucht nach endlosen Stunden hemmungsloser Liebe hinweggegangen. Nicht respektiert sei sie sich vorgekommen, ohnmächtig und wütend sei sie gewesen, so wenig verstanden, so wenig ernstgenommen zu werden. Jetzt beim Lesen, wurde Rivière klar, daß er seither nicht aufgehört hatte, ihren inneren Rhythmus auf ähnliche Weise zu vergewaltigen, diesen Pulsschlag zu mißachten, der ihre Wünsche steuerte. Stets vorauseilend oder Jeanne hinterherhinkend, hatte Alexandre nie verstanden, den Fluß ihrer Erregung zu lieben, dessen Zickzackkurs seinem auf das Nötige beschränkten Anspruch ein Buch mit sieben Siegeln geblieben war.

Im weiteren Verlauf hatte Jeanne voller Zorn – der sich im unruhigen Schriftbild niederschlug – Einzelheiten eines weiteren bitteren Erlebnisses notiert. Nach einer Fehlgeburt hatte Alexandre sie zu einer Ausschabung gezwungen, ein harmloser, dennoch notwendiger Eingriff in der Gebärmutter. Obwohl die Sache keineswegs eilig gewesen sei, habe er darauf bestanden, dies zu einem *ihm genehmen* Zeitpunkt vornehmen zu lassen. Um möglichst schnell über seinen eigenen Kummer hinwegzukommen, habe er nicht abgewartet, bis sie, Jeanne, über ihren Schmerz hinweg war. Alles wurde in dieser grausamen Episode ausgebreitet – daß er ein Problem, wie es immer mal wieder vorkomme, zu einem furchtbaren Drama habe werden lassen, indem er sich um Jeannes Gefühle nicht geschert und ihr nicht zugestanden habe, so lange zu trauern, wie sie es für nötig hielt. Jeden ihrer Tränenausbrüche während dieser für sie zu kurzen, für ihn unendlich langen Phase habe er versucht, im Keim zu ersticken. Aus Angst, sie steuere auf ein Unheil zu, das ihn zu sehr hätte erschüttern können, und überzeugt davon, es würde ihn verschlingen, habe Alexandre den Kopf eingezogen, den Dingen gewaltsam einen eigenen Rhythmus aufgezwungen, um nicht zu ersticken. Seit der Hochzeitsnacht mit besagtem Wecker habe er danach getrachtet, das Zepter über ihr so wenig gemeinsames Leben zu schwingen, als befürchte er, daß er von einer nicht kontrollierbaren Macht gegängelt würde, sobald er Jeanne und den Frauen im allgemeinen freie Hand ließe. Seine erbärmliche, schlechthin entwürdigende Arroganz basiere auf dieser Angst, mache ihn zu einem Einzelgänger, der unbrauchbar für ein Doppel sei.

In der Schilderung dieses schnöden und überhasteten Eingreifens trat einmal mehr sein Mangel an Respekt zutage. Überdeutlich aber wurde er, als Jeanne ihre Enttäuschung darüber eingestand, wie wenig harmonisch ihr Sexualleben derzeit sei; Alexandre merke einfach nicht, daß ihr inzwischen weit weniger an diesem langsamen Hochschaukeln bis zum Höhepunkt liege. Vielmehr habe es sie im Laufe der Jahre zusehends gedrängt, genommen zu werden und dem ewigen Einerlei ihres langweilig gewordenen erotischen Treibens ein Ende zu bereiten; sie giere förmlich danach, von dem Mann, den sie liebe, gezwungen zu werden, weit über die normalen Grenzen hinaus mit ihm ins Innere ihrer verschwiegensten Gelüste vorzustoßen. Jeanne nahm es ihm übel, nicht gemerkt zu haben, daß sie sich neuerdings wünsche, *sein geiles kleines Luder* zu sein und hin und wieder, im Halbdunkel ihrer auf Zärtlichkeit angelegten Abende, als solches behandelt zu werden; sie selbst schäme sich, dieses brennende, wiewohl mit Angst gepaarte Verlangen zur Sprache zu bringen, da dieser Mann – ihr Ehemann – ja auch der Vater ihrer Kinder sei, derjenige, der beim Frühstück die Brote für die Familie streiche und der in der Öffentlichkeit am Arm der Frau auftrete, die darauf bedacht sei, keinerlei überbordende Gelüste zur Schau zu stellen. Jeanne war sich demnach nicht sicher, ob es ihr recht war, daß dieser selbe Mann miterlebte, wie zügellos sie sein konnte, der dann ihren geregelten Alltag mit der Vorstellung überlagerte, sie lasse ihren neu entdeckten Trieben freien Lauf, sei rasend vor Begierde, ein für allemal von ihrer Schamhaftigkeit befreit. Dennoch sei er es, mit dem sie sich im Vertrauen auf ihre frühere Liebe auf diese Steilhänge wagen wolle, an denen man das wilde Tier in sich durchbrechen lasse, einem erfüllteren Leben zuliebe. Es hätte Jeanne überglücklich gemacht, wenn er Manns genug gewesen wäre und sich insoweit als Kavalier erwiesen hätte, ihr nicht am nächsten Morgen vorzuhalten, wie schamlos sie in solchen schweißtreibenden Stunden habe sein können. Rivière jedoch, Gefangener seiner eingefahrenen Rolle, habe nichts bemerkt, nichts von dieser Metamorphose geahnt, die entstanden sei aus der Lust, etwas Neues auszuprobieren, und der Gier nach nie erlebter stürmischer Befriedigung; Jeanne zeigte sich darüber tief enttäuscht. Was genau sie sich eigentlich von ihm seit langem erhoffe, wisse wohl weder sie noch er genau; es sei wohl dieses völlig Unbekannte in der körperlichen Liebe, auf das sie gegenwärtig aus sei, in der Hoffnung, dadurch die Frau in sich zum Leben zu erwecken, die sie in sich vermute. Von einer gewissen sexuellen Freiheit, die sie sich spontan herausnähmen, erwarte sie eine entscheidende Konfrontation mit ihrem Unterbewußtsein; ihre bisherige Art, sich im Bett zu verlustieren, verriete ihr schon lange nichts mehr über sich selbst. Außerdem nehme sie Alexandre übel, daß er es nicht geschafft habe, zu dieser wissenden Männlichkeit zu finden, er benehme sich noch immer zu ungehobelt. Sie halte ihn für unfähig, sein Entsetzen über ihre ausgefallenen erotischen Initiativen zu verbergen, die ihr hingegen die herrliche Möglichkeit böten, sich nicht länger in allem bevormunden und ihren Instinkten freien Lauf zu lassen. Dazu brauche sie allerdings einen Mann von Format und kein zimperliches Weichei, das bei der Vorstellung, eine solche Freiheit zu verkosten, in Angst und Schrecken versetzt werde.

Je weiter Rivière las, desto betroffener war er von dieser bitteren Beichte, die einer Ohrfeige gleichkam und ihn erniedrigte. Auf der schwülen Luft um ihn herum lastete ein ermüdender, vom Echo dieser Vorwürfe verdickter Lymphatismus. Und während Jeanne sich in einem kurzen Absatz darüber beklagte, daß er häufig falsche Behauptungen aufstelle, um die Wahrheit zu vertuschen, begriff Alexandre nach und nach das gesamte und unerträgliche Ausmaß der Traurigkeit, die seine Frau erfüllte. Mit Verbitterung gestand Jeanne ein, daß sie, wann immer er die Wahrheit zurechtbog und farbenfroh ausschmückte, das Gefühl nicht loswerde, ebenfalls Teil einer weichgezeichneten, da von ihm nicht akzeptierten unangenehmen Realität zu sein, und wie sehr sie dies jedesmal aufs neue entmutige. Dann habe sie das Gefühl, ihm niemals ihre natürliche Lebensfreude und die Nuancen ihres wahren Ichs vermitteln zu können, weil sie immer wieder gezwungen sei, auf die Schwärmereien Alexandres einzugehen, um in den Genuß flüchtiger Häppchen von Zweisamkeit zu gelangen. Es sei ihr unverständlich, wieso er niemals begriffen habe, daß eine Frau wie sie nur lebte, um zu teilen, wenn möglich mit dem, den zu lieben sie bemüht sei.

Diese Offenbarung traf Alexandre wie ein Hammerschlag. Das ganze Ausmaß seiner Verbohrtheit wurde ihm bewußt, und er war gerührt, daß Jeanne die Erfüllung ihres Lebens in erster Linie in den Grenzen ihrer Beziehung suchte, daß sie ihre ausgeprägte Sensibilität voll und ganz, nicht nur einen Teil ihrer Aufmerksamkeit, darauf ausrichten wollte, dies gleichsam als Berufung ansah, als eine Religion der Vereinigung. Jetzt, da sie sich so zeigte, wie sie war, und ihn nicht weiter mit Vorwürfen überschüttete, war er zum ersten Mal hingerissen von der edlen Gesinnung seiner Frau, die so sehr nach dem Quentchen Ewigkeit trachtete, das im ewigen Einerlei des Alltags verfügbar war. Jeanne hatte trotz allem uneingeschränktes Vertrauen ins Leben.

Wiewohl aufgewühlt und tief betroffen von den zu Papier gebrachten Äußerungen seiner Frau, stellte

Alexandre fest, wie aufschlußreich es war, plötzlich hinter die Fassaden zu blicken, von dem unsäglichen Leid zu erfahren, in das Jeanne sich im Laufe ihrer gemeinsamen Zeit vergraben hatte und das zum Teil weiterhin auf ihr lastete. Sobald der Bauplan ihrer Liebe offenlag, wurde ihr Stützpunkt sichtbar, endlich hatte sie eine unumstößliche Realität, und eigenartigerweise tröstete es Alexandre, auf diese Weise, gewissermaßen in der Form eines architektonischen Gutachtens, von ihrem ehelichen Fiasko zu erfahren. Das Unvorhersehbare jedoch, die entscheidende Schicksalswende, trat erst ein, nachdem er das folgende Kapitel beendet hatte, das die Episode von Jeannes schäbigem Fehltritt enthielt.

Sie berichtete darin, daß sie nicht darüber hinwegkomme, ihn betrogen zu haben, wie enttäuscht sie gewesen sei, daß er sie nicht davor bewahrt habe. Sie sei am Boden zerstört gewesen, keineswegs von Triumph erfüllt oder wütend. Daß er diese nicht gerade aufregende Liaison zugelassen, sie nicht daran gehindert hätte, sich in die Arme eines anderen zu stürzen, habe bei ihr einen Sturm der Entrüstung entfacht, als schändlich habe sie sein Verhalten empfunden; sie sei schließlich nicht die Frau, die man kampflos einem anderen überläßt, ohne diesen Schmerz zu empfinden, der einem eine ungefähre Vorstellung davon gibt, daß man am Leben ist. Gegenwärtig hasse sie Alexandre aus tiefster Seele, weil sie ihrem Traum von einer überschäumenden Liebe habe entsagen müssen, einer Liebe umrahmt von eingehaltenen Zusagen, verklärt und erfüllt, in die sie sich freudig und leidenschaftlich bis ins Letzte ergeben hätte. Sie hasse ihn dafür, sich ihrem Liebhaber mit lästigen Schuldgefühlen hingegeben zu haben, geschützt durch notdürftig zurechtgezimmerte Lügen, und das, obwohl sie, Jeanne, doch stets nach Wahrheit trachte, nach Ehrlichkeit und offen bekundeten Gefühlen, eben nach allem, was dazu beitrage, glücklich zu sein und ein wenig stolz. Sie verachte ihn, den armseligen Alexandre, auch deshalb, weil sie sich gern mit ihrem angetrauten Ehemann ins Dickicht ihrer weiblichen Sehnsüchte vorgewagt hätte, mit diesem Männerkörper, der sie trotz allem habe erblühen lassen, um mit ihm gemeinsam in den fleischlichen Abgründen herumzutollen, jenseits des behäbigen Getues, das normalerweise bei ihnen angesagt sei. Sich bei einem Unbekannten als Frau zu erweisen, sei ihr äußerst peinlich gewesen; außerdem habe sie Angst bekommen, die ja bekanntlich die schönsten Seitensprünge verpatzt.

So hatte, wie nicht anders zu erwarten, alles in Verachtung geendet, jeder Menge Verachtung, die Jeanne Zeile für Zeile in ihrem Tagebuch zum Ausdruck brachte. Nur daß Alexandre jetzt klar geworden war, was diese Giftigkeit am Köcheln hielt. Gleichzeitig mußte er sich eingestehen, daß er in die Frau, die ihre abgrundtiefe Verbitterung in diesem dünnen Heft darlegte, rettungslos vernarrt war. Ja, je länger er las, desto mehr verliebte er sich in die Schwächen dieser Frau, die zu erkennen er in sieben erfolglosen Jahren nicht fähig gewesen war, sieben fortlaufenden Jahren Mißerfolgs, die dazu geführt hatten, daß sich bei ihr, vereinsamt wie sie war, eine Todessehnsucht eingeschlichen hatte. Ihre Wahrheit, die ihn in ihrer Schonungslosigkeit zunächst verletzt hatte, erschütterte Alexandre jetzt, ihn, den zerschmetterten und betrogenen Ehemann, und weckte schließlich den Wunsch in ihm, die wirkliche Jeanne zu lieben, deren Ansprüche an das Leben sich im Grunde mit den seinen deckten, diese authentische Jeanne, mit der zusammen er sich bereits Liebesfreuden erleben sah, wie sie schöner nicht sein konnten, vorausgesetzt allerdings, daß er sich ungemein zärtlich, aber auch unerwartet gewalttätig gab, um so zu gewährleisten, daß ihre Sexualität endlich die Schranken zum Sublimen durchbrechen würde. Weit davon entfernt, niedergeschlagen zu sein, weil sie ihm Hörner aufgesetzt hatte, befand sich Alexandre unversehens im Rausch einer wiederbelebten Liebe, die keinen Aufschub duldete, mochte Jeannes Verachtung im Augenblick auch noch so hohe Wellen schlagen. Dieses plötzliche Aufwallen früherer Gefühle raubte ihm den Atem. Der peinliche Beweis lag auf der Hand: Es war zu spät, zu spät, davon zu träumen, Jeanne aufs Neue zu lieben, in der Hoffnung, daß sie alle häßlichen Gefühle, die er in ihr hervorgerufen hatte, überkam, sie, die dazu geschaffen war, ihre Tage mit Schönem zu füllen und sich einer beflügelten Liebe hinzugeben.

Während Alexandre die Seiten umblätterte, suchte er nach etwas, das er ihr seinerseits vorwerfen konnte, nach einem Motiv für eine Retourkutsche, die seine Liebe abkühlen würde; das minutiöse Exposé ihrer Mißverständnisse indes, dieses tragische Gemälde von ihnen beiden verstärkte nur sein Mitgefühl, und ein Anflug von Zärtlichkeit zog ihn trotz allem zu ihr hin. Was immer er in seinem Eheleben unternommen hatte, war bei Jeanne auf Ablehnung gestoßen, entsprach nicht ihren Erwartungen. Diese ständige Verweigerung hatte ihn frustriert und letztlich zur Verzweiflung getrieben. Rächte er sich an ihr, wenn er sie für die täglichen Ausgaben der Familie bezahlte? Sie sah darin sofort eine Demütigung, sei gekränkt, wie sie schrieb, in eine ähnliche Situation wie ihre Mutter gedrängt worden zu sein, für die sie, derart unterdrückt, derart bereitwillig vor den Befehlen ihres Mannes kuschend, als Kind grenzenlose Abscheu empfunden habe. Zwanzig Jahre später habe dann allein der Gedanke daran genügt, sie derart in Panik zu versetzen, daß sie sich geweigert habe, auch nur einen Centime von dem Haushaltsgeld, das Alexandre ihr monatlich aushändigte, für sich auszugeben. Dieses Geld sollte ausschließlich für ihre beiden Kinder bestimmt sein; sie selbst fühle sich dadurch besudelt. Folglich hatte ihr Alexandre seit sieben Jahren Monat für Monat einen Scheck ausgestellt, ohne bis zu diesem Tag zu ahnen, welche Gefühle er damit bei ihr immer wieder hochkochen ließ! Weit davon entfernt, ihm dafür zu danken – was ihn gefreut hätte –, nahm Jeanne den Betrag jedesmal mit steinerner Miene entgegen und wagte es nicht, ihm den Grund für ihre Reserviertheit zu nennen. Und dieses Schweigen hatte ihn noch mehr verbittert. Erst jetzt wurde ihm klar, daß Jeanne sich seit jeher einredete, die Annehmlichkeiten, die er ihr bot, würden sie daran hindern, ihr eigenes Leben zu gestalten, und daß das Opium dieses Geldes ihren Schwung lähme und ihre Wünsche blockiere.

Dieses mit Bitterkeit geschriebene Geständnis – der Druck der Füllfeder auf dem Papier wies deutlich darauf hin – überraschte Alexandre ebenso wie die Passage, in der Jeanne ihr Befremden darüber zum Ausdruck brachte, daß er ihre Sprache nicht verstehe, ihre Art, ihm indirekt, aber ihrer Meinung nach unmißverständlich ihre Zuneigung zu zeigen, statt sich in hochtrabenden, aber rasch abgenutzten Worten zu verlieren. Wie blind Alexandre sei, beweise eindeutig die folgende kleine Episode: Vor drei Jahren habe sie ihm eine Stoffhose geschenkt, die sie mit Liebe und Umsicht in einer Boutique in Sydney ausgesucht habe; fünf Tage lang sei er gar nicht auf die Idee gekommen, besagte Hose anzuprobieren, geschweige denn, sie sofort anzuziehen – wie sie es ganz bestimmt getan hätte. Auch wenn Alexandre ihr bis zum Überdruß versichere, daß er sie liebe, und sie mit Schmeicheleien überschütte, könne sie nicht umhin, sein Verhalten zu verurteilen, das in krassem Gegensatz zu seinen großspurigen Worten stünde. Sie sei damals so sehr gekränkt gewesen, daß er sich das keinen Augenblick lang vorstellen könne. Da habe sie kostbare Zeit geopfert, um diese Hose auszusuchen, habe sich lange mit der Verkäuferin über ihren Mann unterhalten, über seine Vorlieben, über seine verunsicherten Vorstellungen in punkto Kleidung, und das Ergebnis ihrer stundenlangen Bemühungen sei diese Hose gewesen! Damals hatte sich Alexandre gewundert, daß ebendiese Hose eines Abends zerfetzt in seinem Schrank lag. Jetzt verstand er um so besser, daß Jeanne ein Zeichen ihres Zorns gegeben hatte; voller Entsetzen wurde ihm die unerträgliche Einsamkeit der Frau bewußt, mit der er die Tage zu verbringen glaubte.

Dieses Wort – *mit* – tauchte immer wieder im Heft auf, begleitete die Geständnisse, hob hervor, daß Alexandre stets alles mögliche *für* Jeanne, aber nicht *mit* ihr getan habe. Dabei wolle sie nichts weiter, als daß *mit* ihr ersonnen, erhofft, durchgeführt oder weiter verfolgt würde. Das genau erwarte sie und fordere ihr Eigensinn. Damit habe sie sich mit Ausnahme von wenigen, allzu seltenen Augenblicken, in denen sie wirklich eins gewesen seien, ständig herumgequält. Jetzt, da dies vorbei sei und Alexandre die Syntax ihrer Liebesbeziehung durch Mißachtung ihrer Wahrheit gesprengt habe, sei ihr zumute, als trete sie hinaus in eine gänzlich leere Nacht, in der nicht einmal mehr ihre Liebe zu den gemeinsamen Kindern zu leuchten vermöge. Sie halte nichts von Halbherzigkeiten wie Kompromißbereitschaft, um sich an ein zweifelhaftes Schicksal zu klammern; sie sei außerstande, ein nicht von ewiger Liebe erfülltes Dasein zu befürworten. Ohne diesen Sauerstoff, ihr Lebenselixier schlechthin, sei es für sie unerträglich, sich mit all den Notbehelfen abzufinden, die den Alltag ausmachten. Grenzenlosigkeit sei für sie das Maß aller Dinge, ihre Haltung sehr natürlich, davon wolle sie nicht abrücken. Sie habe über alles nachgedacht, nein, plötzlich gespürt, daß ihr kein anderer Ausweg bleibe, als vor Kummer, aus übergroßer Verzweiflung in den Tod zu gehen. Wenn es denn so sei, daß ihre Liebe, in die sie ihr gesamtes Kapital an Unverfälschtheit eingebracht habe, Schiffbruch erlitten habe, bleibe ihr nur noch, den Schlußstrich zu ziehen, ebenso beherzt wie kindisch und so wenig begreiflich wie alles, was das sogenannte wahre Leben ausmache. Verkannt von dem Mann, zu dem sie gehöre, und nicht länger bereit, sich zu verrenken, um oberflächliches Interesse zu erregen, sehe sie keine Notwendigkeit weiterzuleben. Dazu bestimmt, auf die Bedürfnisse eines anderen einzugehen, habe sie sich verrannt und um ihren größten Traum gebracht. Im Vertrauen darauf, daß Alexandre imstande sei, sich allein um ihre Kleinen zu kümmern, habe sie beschlossen, sich der trostlosen Fiktion einer Ehe zu entziehen, die ihr nichts mehr zu bieten habe und in der sie ihre Selbstachtung nicht länger aufrecht erhalten könne. So stand es ohne Pathos im Heft. Alexandre war verzweifelt angesichts dieser so entschlossenen Frau und zutiefst entsetzt, nicht ihr Format zu besitzen.

Jeanne hielt es nicht einmal mehr für nötig, weiterhin auf ihrem Haß herumzureiten oder sich um eine Wiederbelebung ihrer Leidenschaft zu bemühen. Alexandre hatte sie verloren, unwiderruflich. Es blieb keine Zeit mehr für einen Neuanfang. Jetzt, im Bewußtsein des Unabänderlichen, übermannte ihn die Wut, derart ohnmächtig, nämlich unfähig zu sein, Jeanne von sich selbst zu befreien. Unfähig, sie von den Frustrationen zu heilen, die sie heimsuchten, taumelte er einem bodenlosen Abgrund entgegen. Wenn seine Liebe das Leben seiner Frau nicht verklärte, nichts Befruchtendes und Befreiendes mit sich brachte, dann war er, Alexandre, ihrer nicht würdig. Im Bewußtsein seiner eigenen Verbohrtheit, durchdrungen von der Vorstellung, daß nichts mehr gutzumachen und er bereits im Rinnstein gelandet war, beschloß er, umgehend zu handeln: das Leben von Jeanne zu retten, indem er sie zwang weiterzuleben, ihren Kindern zuliebe. Eine erstaunliche Buße, auferlegt von selbstloser Liebe! Am selben Tag noch, dem 14. April 1977, packte Rivière ein paar Kleinigkeiten zusammen, bestieg das erstbeste Flugzeug nach Australien und entschwand. Das rote Heft blieb aufgeschlagen auf ihrem Bett zurück, gut sichtbar, ein gleichermaßen elliptisches und schwülstiges, also lächerliches Geständnis. Es war die einzige Nachricht, die er hinterließ. Jeanne sah Alexandre niemals wieder.

II

Menschen haben keine Probleme, weil sie kühl urteilen, intelligent, logisch. Sie haben Probleme, weil sie unvernünftig und unlogisch sind. Wenn man ihnen also helfen will, sollte man sich auf ihr Terrain begeben, auf das Terrain des Unlogischen.

Milton H. Erickson

Zum Leben verurteilt, begrub Jeanne jeden weiteren Gedanken an Selbstmord und versagte sich ab sofort ihren für eine alleinstehende Mutter doch recht hochstilisierten Kummer. Die Umstände zwangen sie, sich vormittags der Fron einer Lehrerin zu unterwerfen, stellvertretend für Alexandre. Diese Übergangslösung wurde zu einer fast offiziellen Dauerbeschäftigung und in finanzieller Hinsicht ein recht lukrativer Broterwerb. Nachdem sie sich damit abgefunden hatte, nicht mehr nur eine Erziehungsmaschine ihrer Kinder zu sein, nahm sie die Anforderungen des Berufs, der sie ernährte, ernst, die Reglementierung, die sie nicht nur daran hinderte, sich auf sich selbst zu besinnen, sondern auch vor den damit einhergehenden Existenzängsten bewahrte. Die Lebenslüge setzte sich somit auf den Neuen Hebriden fort, und es war ja immerhin möglich, daß Alexandre auf die Idee verfiel, seinen ihm angestammten Platz wieder einzunehmen.

Während der ersten Monate versank Jeanne gelegentlich in Schwermut und Nostalgie, sträubte sich lange gegen eine Liebesbeziehung und ertrank in Verbitterung. Dann, ohne die Erinnerung an Alexandre zu begraben, stellte sie fest, daß sie sich verändert hatte und frei von den Erwartungen eines Mannes lebensbejahender geworden war, sich angezogen fühlte von der weniger auf Sicherheit bedachten Frau, die sie in sich spürte. Mancher tropische Morgen schenkte ihr neuerdings Stunden himmlischer Einsamkeit, eine Art Vermählung mit sich selbst. Dann und solange Farben und Gefühle noch nicht von der Hitze verschlungen waren, siegte tiefempfundene Lebensfreude über den ihr endlos erscheinenden Kummer. Die Lust, sich selbst zu gefallen, kehrte zurück und war der Auftakt zu der, anderen zu gefallen. Mit der gleichen Lust erschloß sie sich das erweiterte Universum der jungen Frau, die ohne Ehemann war: Jeanne zog mit ihren Kindern – Max und Bérénice – in ein altersschwaches Holzhaus, das auf einer Wiese mit Blick auf den wohltemperierten Ozean stand und mit einer umlaufenden Veranda ausgestattet war. Unter einem ausladenden rostigen Blechdach erfand sie sich ein neues Leben. Ihre einzige fortwährende Sorge blieb die, mit Max und Bérénice zurechtzukommen, die keine Gelegenheit versäumten, alle und ganz besonders ihre Mutter ihre Enttäuschung spüren zu lassen, daß ihr Vater dadurch, daß er sich aus dem Staub gemacht hatte, so herzlich wenig Rücksicht auf sie genommen hatte. Sie hatten sich zu regelrechten Rabauken entwickelt. Vor allem Max versteifte sich darauf, sein freches und freigeistiges Naturell auszuleben. Bis am 14. April 1979 ein Mann, der Rivière hätte sein können, in Port-Vila das Flugzeug verließ.

Das Profil des Reisenden war dem des Ehemanns von Jeanne sehr ähnlich, nur daß es nicht die Spur eines Doppelkinns aufwies, das zwei Jahre zuvor das schlaffe Gesicht Alexandres verunstaltete. Auch sein Blick war unruhiger, suchender, unerreichbar und traurig zugleich. Die drahtige Gestalt verbreitete eine bodenständige, ungemein instinktive Männlichkeit, was durch die unveränderliche Haltung des Kopfes und die steifen Bewegungen noch unterstrichen wurde; es war, als sei auf der brennend heißen Landebahn des Flughafens ein Stück körperlich gewordene Autorität ausgestiegen. Alles an seinem unbestreitbar einnehmenden Äußeren – dessen er sich nicht bewußt zu sein oder das er zu mißachten schien – machte den Frauen deutlich, daß sie sich niemals der Ausstrahlung einer katzenartigen und überheblichen Männlichkeit würden entziehen können. Daß es ein wahres Tonikum ist, einen Mann zu begehren, der gestrauchelt ist und seine eigenen Niederlagen weggesteckt hat. Seine Gesichtszüge verrieten ein Leben am Rande des Abgrunds, beherrscht von einem Hang für das Außergewöhnliche, und waren interessanter als die des so jugendlich wirkenden, zuletzt schwammigen und pausbäckigen Alexandre. Das verträumte Gesicht des Mannes ließ erkennen, daß ihn etwas beschäftigte; doch nur gelegentlich, wenn ein Gedanke übermächtig wurde, kam Bewegung in seine Züge. Dann verzerrte sich sein Gesicht für einen Moment vor Schmerz und verriet, daß er sich nicht bis ins letzte gewappnet hatte. Beim Zoll, in der Schlange, hielt er sich diskret zurück, beinahe als sei er peinlich berührt von dem Aufsehen, das seine reservierte und anziehende Erscheinung auslöste; dann legte er einen Paß vor, der bestätigte, daß er tatsächlich Rivière hieß. Nur der Vorname verblüffte den Polizeibeamten, der geglaubt hatte, ihn zu kennen: Octave.

»Da läuft seit eineinhalb Jahren eine Vermißtenanzeige ...«, stammelte er, »nach einem ... Alexandre Rivière.«

»Meinem Bruder?« fragte der angesprochene Mann mit einem leicht neuseeländischen Akzent. »Den suche ich ebenfalls.«

Der triefäugige und infolge des Klimas ungemein träge

Zöllner bat ihn, sich in das Büro eines gestrengen, in Anbetracht seines offiziellen Amtes entsprechend aufgeblasenen englischen Inspektors zu begeben. Zu jener Zeit hatte auf den Neuen Hebriden noch die französisch-englische Verwaltung über die zweistaatliche Kolonie mit ihrem kleinkarierten Doppel-Nationalismus Bestand. Octave Rivière wirkte verstört, als man ihm mitteilte, daß Alexandre, sein Zwillingsbruder, seit zwei Jahren unauffindbar sei. Um den Vorschriften Genüge zu tun, hielt man ihn an, sich fotografieren zu lassen. Der Offizier stellte fest, daß Octaves Ohren etwas weiter abstanden als die von Alexandre; daß letzterer sich vor acht Jahren unter das Skalpell eines praktischen Arztes in Melbourne begeben und diesen kleinen Schönheitsfehler hatte korrigieren lassen, wußte er nicht. Jedenfalls dauerte die Unterredung, über der ein typisch polizeiliches Mißtrauen schwebte, nicht allzu lange. Ausgestattet mit der neuen Adresse seiner Schwägerin, zog Octave von dannen.

Als Jeanne die Tür öffnete, sah sie einen eleganten Alexandre vor sich, der sie nicht wiedererkannte.

»Madame Rivière, wie ich vermute?« fragte Octave auf gut Glück und wagte ein Lächeln, das der jungen Frau durch und durch ging.

Ein solches Lächeln entsprach in etwa dem, was Jeanne sich von Beginn ihrer Ehe an vergebens von Alexandre gewünscht hatte: ein männliches Lächeln, von innen heraus, gleichzeitig verlegen, dabei frei von dem gräßlichen Bestreben, Eindruck zu machen. Vor allem aber waren es die leicht zusammengekniffenen Lippen, die etwas anderes ausdrückten als die ihres Mannes; und der furchtlose Blick, die blitzenden Augen, aus denen seine ganze kraftvolle Natur strahlte, verriet beispiellose Aufrichtigkeit, den brennenden Wunsch, er selbst zu sein. Jeanne war wie versteinert, verblüfft von diesem unnahbaren Mann, der über so viel ungeahnte Willenskraft verfügte, diesem anderen Alexandre, der er dennoch sein mußte. Auf der Veranda breitete sich eine Stille aus, die sich auf alles übertrug. Einzig ein halsstarriger Ventilator durchbrach das Schweigen, das plötzlich auf ihnen lastete und schwer zu durchdringen war. Die Erotik, die in ihrer Verlegenheit mitschwang, erfüllte für einige Augenblicke die Luft, dann fand Jeanne zu ihrer Ironie zurück:

»Du warst wohl Zigaretten holen?«

»Sie sind seine Frau?«

»Machst du dich über mich lustig?«

»Ich bin Octave. Darf ich eintreten?«

Der neuseeländische Akzent, der bereits in diesen wenigen Worten anklang, brachte Jeanne für kurze Zeit aus dem Gleichgewicht, ehe sie in hemmungsloses Gelächter ausbrach, in Kaskaden abgehackter, verstümmelter Laute; der ganze, im Laufe von zwei Jahren aufgestaute Zorn machte sich Luft. Octave blieb höflich, rührte sich nicht, verstand, ohne sich etwas anmerken zu lassen, die Verunsicherung der jungen Frau. Und auch wenn dieses hemmungslose Gelächter ihr Gegenüber nicht aus der Ruhe zu bringen vermochte, kam es schließlich auch Jeanne unangebracht vor. Sie verstummte, versuchte, das kalte Feuer in den Augen ihres Besuchers auszuloten und sagte schließlich:

»Sie sind Octave? Wirklich?«

»Octave Rivière«, sagte er und streckte die Hand aus.

Er kam auf sie zu, und genau in dem Augenblick, als sie nach seiner Rechten greifen wollte, ballte er die Hand zur Faust. Unschlüssig verharrte Jeanne einen

Moment lang, um dann schlagartig jeglichen Anflug von Spott oder Zweifel über Bord zu werfen. Octave nutzte die Bresche, die er durch sein Verhalten geschlagen hatte, und öffnete nun die Hand. Jeanne ergriff sie, spürte bei diesem Händedruck ihr Verlangen wiedererwachen. Alexandre mit seiner Neigung, den Frauen nachzugeben, dem trägen Ozeanien und sich selbst, hatte nicht die Persönlichkeit dieses Mannes besessen, der, wie zu ahnen war, ständig dagegen ankämpfte, nicht in Mittelmäßigkeit zu verfallen. Von diesem Charakterunterschied zeugte sein Händedruck nur allzu deutlich, ein Druck, der bis zum Schluß nicht nachließ.

Noch benommen, hieß Jeanne ihn eintreten. Die Kinder spielten weit weg am Strand, geschützt mit Sonnencreme und Hüten, denn im Freien entkam nichts und niemand der lähmenden, alles überrollenden Hitze. Der unbewegte Ozean erstreckte sich apathisch ins Weite. Um diese Uhrzeit glich die glatte Wasserfläche einer flüssigen Flamme, die bis Papeete reichte. Hohe Mahagonibäume, die sich in den Passatwinden wiegten, trennten sie von diesem ewigen Blau, vom senkrechten, schattenvertilgenden Sonnenlicht draußen, das sich durch die chinesischen Vorhänge aus braunem Papier ins Innere wand wie Blätter um Spalier. Octave schwieg angesichts einer Natur, die keinen Herbst kannte und deren feuchtschwüle Feuersbrunst niemals ermüdete, die sich immer wieder aufs Neue ausbreitete, nur war sein Schweigen nicht vergleichbar mit dem Alexandres, der sich der Stille, die Jeanne überwältigte, zumeist entzogen hatte. Es war eine von Glück erfüllte, wohltuende Stille, in die sie einbezogen wurde, ein Moment, der sich eigens für sie dehnte, ohne Mißverständnisse und in dem gemeinsam zu atmen der noch immer irritierten Jeanne köstlich erschien. Sie spürte, daß dieser Mann es verstand, in ihr diese Leerräume zu schaffen, die nicht hohl sind, diese aufnahmefähigen Zonen, in denen unbestimmte, noch verschwommene Gefühle Gestalt annehmen.

Endlich drehte sich Octave um. Die Ergriffenheit in seinem klaren Blick – der dennoch den ihren mied – erstaunte Jeanne. Wie weich dieser Besucher, der unter einer dünnen Schicht guter Manieren die Männlichkeit schlechthin verkörperte, mit einemmal sein konnte! Dabei reiften hinter seiner eigenwilligen Stirn bereits Überlegungen heran, die er in der Folge strategisch einzusetzen gedachte. Aber noch hielt er sich zurück, nahm, nachdem er sich kurz hatte gehen lassen, wieder eine weniger nachlässige Haltung an. Von neuem schien er das Wort ergreifen zu wollen, so als tauche er aus nostalgischen Erinnerungen auf, die ihn gefangengehalten hatten. Jeanne brannte darauf, daß er etwas sagte.

»Nun?« forderte sie ihn heraus.

»Im Flugzeug habe ich eine verrückte Frau kennengelernt. Viel zu stark parfümiert. Sie hätten abschätzig gelächelt – eine Frau vom Typ Schneewittchen, nicht bereit, sich mit Tatsachen abzufinden, rechthaberisch auf ihrer Meinung beharrend. Eine merkwürdige Schnepfe, eigensinnig, ein bißchen boshaft, unterschwellig rassistisch, engstirnig ...«

Sein zunächst spöttischer, dann leicht verächtlicher Tonfall trug nicht gerade dazu bei, daß Jeanne sich wünschte, mit dieser Frau im Flugzeug über einen Kamm geschoren zu werden; und nach einer Pause, in der Jeanne darüber nachdachte, daß diese zum Lästermaul hochstilisierte Frau alle Clichés der Hebriden-Kolonie verkörperte, fügte er hinzu:

»Sie war nicht davon abzubringen, daß ich Alexandre bin. Sie kannten sich, glaube ich ... Madame Lebranche.«

»Ja«, erwiderte sie, »die Frau von Dr. Lebranche, dem Arzt.«

Wegen seines treffenden Urteils kam Jeanne zu dem Schluß, daß er in der Tat Octave sein mußte, allerdings ohne die Spitze zu bemerken, deren Ziel sie gewesen war. Dann, in einem plötzlichen Meinungsumschwung, der scheinbar darauf abzielte, diese erste Finte zunichte zu machen, fragte der Mann:

»Wenn ich Ihnen jetzt sage, daß ich Alexandre bin, nehmen Sie mir das dann ab?«

Völlig perplex und unfähig, einen klaren Gedanken zu fassen, schwieg Jeanne zunächst, um dann mit einer Bestimmtheit, die genau das ausdrückte, was sie wirklich fühlte, zu erwidern:

»Nein, sind Sie nicht.«

»Aber ich könnte durchaus er sein. Alles deutet darauf hin. Er ist nicht da, ich dagegen schon. Unsere Ähnlichkeit schließt sogar unsere Stimme ein, hab ich recht? Außerdem glaubt die englische Polizei, ich sei er.«

»Ich nicht.«

»Kommen Sie mir bloß nicht damit, daß *eine Frau so etwas spürt*, damit würden Sie mich enttäuschen ... Sagen Sie etwas, das Ihrer würdig ist.«

»Sie sind nicht mein Mann.«

»Sie wiegen sich aber rasch in Sicherheit.«

Diese Bemerkung verblüffte sie, ihr Verstand setzte kurz aus. Und mit einem Mal war ihr, als sei das Gespräch der Auftakt zu einem äußerst gewagten Abenteuer.

»Ich wünschte, Sie wären überzeugt und weniger eingebildet«, sagte er.

Jeanne bemühte sich, wieder festen Boden unter die Füße zu bekommen und die zunehmende Benommenheit zu überwinden. Erstaunt stellte sie fest, daß sie sich im Grunde über diesen Mann lustig machte, ob er nun Octave war oder Alexandre; es bereitete ihr durchaus Vergnügen, in ihm ihren Ehemann wiederzuerkennen, wenn auch einen nachgebesserten Alexandre, innerlich verändert, endlich ein Mann. Eines jedenfalls stand für sie fest: Sie hätte ihm gern ein Zimmer angeboten, ein Bett und sich selbst, denn in diesem Augenblick durchlebte sie noch einmal ihr erstes Zusammensein mit Rivière, in Form einer verklärten Erinnerung, wie sie die Wirklichkeit niemals zu bieten hat. Und nur das war wichtig für Jeanne, sprach zumindest ihre erhitzte Haut an und ihre erregte Phantasie; denn wenn eine Frau sich sträubt, ihrem Fleisch zu gehorchen, auf die Träume einzugehen, die sie in Atem halten, dauert es nicht lange, bis sie nachgibt. Dennoch verstand Jeanne sich darauf, Distanz zu wahren, sich äußerlich unbeeindruckt zu geben.

»Was soll ich den Kindern sagen?« fragte sie.

»Die beiden gehören Ihnen?«

»Und dir ...«, hörte sie sich antworten. »Was treibst du da für ein Spiel?«

Als er sich mit der Hand durchs Haar gefahren war, hatte Jeanne unvermittelt den Eindruck gehabt, Alexandre vor sich zu sehen, der durch die angespannten Züge eines Mannes durchschimmerte, den sie für den ihren gehalten hatte. Diese spontane Überzeugung festigte sich, löschte ihre ersten Eindrücke aus, so als sei diese Geste für sie der Beweis, ihn wiederzuhaben, ihn,

Alexandre, nachgebessert, aber doch noch immer ein wenig er selbst.

Unwillkürlich griff sie nach seiner Hand, um durch die Berührung zu bekräftigen, was ihr Gefühl ihr eingab. Octave jedoch wich einen Schritt zurück, so kühl und entschlossen, wie es seinem Charakter entsprach. Dann fragte er ohne Umschweife:

»Hat Alexandre Ihnen erzählt, warum ich vor fünfzehn Jahren verschwunden bin?«

»Ein Unfall, bei den Banks ... auf der Jagd nach Meereskrokodilen, war's nicht so?«

»Das Krokodil hieß Justine. Es hat uns gebissen ... uns beide, als wir die Lehrerbildungsanstalt verließen. Dann hat es uns entzweit, das Krokodil. Ich bin hergekommen, um meinem Bruder zu verzeihen und mich mit ihm zu versöhnen. Nach fünfzehn Jahren ist das vielleicht ein bißchen spät ... Hat Alexandre denn nicht mit Ihnen über Justine gesprochen?«

»Nein.«

»Sie scheint für ihn gestorben zu sein ...«

»Genau wie Sie ... Er hat versichert, Sie seien tot.«

»Ah ... und er, ist er ... noch am Leben?«

»Vor einem Monat erhielt ich eine Postkarte aus Malaysia. Er schrieb ...«

Jeanne hielt inne, sah prüfend diesen Rivière an, der sich als ein wiederauferstandener Octave ausgab, und stieß dann keuchend hervor:

»Hör auf, Alexandre ... Was soll das?«

»Was stand auf der Karte?« fragte er ungerührt weiter, ohne auf Jeannes Frage einzugehen.

»Da stand drauf, daß du herkommst ... in einem Monat. Vor mir stehen wirst.«

Bei diesen Worten wagte Jeanne einen Vorstoß, wollte einen Finger auf Octaves Lippen legen. Die Hand des Mannes war schneller, wehrte die zärtliche Geste ab. Mit Nachdruck sagte er dann:

»Keine Frau soll je wieder zwischen mir und Alexandre stehen.«

»Warum sagen Sie das ausgerechnet mir?«

»Ich werde auf den Neuen Hebriden bleiben, bis er zurück ist. Die Postkarte wurde vor einem Monat aufgegeben, er dürfte also bald hier sein ... Sobald ich jedoch durch diese Tür gegangen bin, nicht eher, ja, erst nachdem ich dieses Haus wieder verlassen habe, kann es durchaus sein, daß Sie sich in mich verlieben. Wäre immerhin möglich, wenn auch keineswegs sicher. Schließlich gleiche ich ihm aufs Haar, und er hat Ihnen doch mal gefallen. Wenn es denn so kommen sollte, kann es immer noch sein, daß Sie mir das verbergen ...«

»Schon mal was von Bescheidenheit gehört?« höhnte sie.

»Sie sind gereizt. Ich frage mich, ob Ihr Zorn mir gilt, oder ob Sie auf diese Weise Ihre Gefühle überspielen wollen ...«

»Ich empfinde nichts für Sie, ist das klar?«

»Haben Sie ihn geliebt?«

»Ich habe ihn verachtet.«

»Dann werde ich einen Bogen um Sie machen.«

»Wieso das denn?«

»Vielleicht erkläre ich Ihnen das später einmal ...«

»Warum?«

»Ich möchte mit meiner Antwort nicht das Feuer der Leidenschaft in Ihnen schüren ...«

Und er wiederholte, diesmal in veränderter Tonlage:

»... sobald ich die Schwelle dieses Zimmers überschritten habe.«

»Sie halten mich wohl für eine dumme Gans, die sich sofort beeindrucken läßt?!«

»Setzen Sie sich!« herrschte er sie an.

»Ich stehe sehr gut!«

»Sie wollen sich mit mir unterhalten und dabei ständig hin und her laufen wie jetzt?«

»Gewiß doch, solange Sie meine Fragen ehrlich beantworten.«

Octave wartete, bis Jeanne bereit war, ihm zuzuhören, und sagte dann, indem er sie derart durchdringend ansah, daß alles um sie herum verschwamm:

»Ich frage mich, ob Sie, sobald ich dieses Zimmer verlassen habe, sich nur deshalb in mich verlieben, weil es Ihnen Spaß macht, das Gegenteil von dem zu tun, was ich sage, oder ob Sie sich diese Frage lieber erst später stellen, denn natürlich stellt sie sich nicht jetzt, wo wir miteinander reden, ist ja auch logisch, solange Sie rumlaufen und ich hier bin, jedenfalls noch nicht, da stimmen Sie mir doch zu ...«

Jeanne sah nur noch seine Augen, hörte nur noch seine Stimme, war derart fasziniert, daß ihre Zweifel an der wahren Identität dieses Mannes nebensächlich wurden. Zum ersten Mal war er ihrem Blick nicht ausgewichen, hatten sie sich in die Augen gesehen. Sie riß sich zusammen, kam auf seine Frage zurück:

»Darf ich erfahren, warum Sie es für nötig halten, *einen Bogen um mich zu machen*, wie Sie sich auszudrücken belieben?«

Jetzt begann Octave seinerseits, beim Sprechen auf und ab zu gehen, ohne daß sie bemerkte, daß er dabei den gleichen Takt einhielt wie den, den ihre Absätze vorgaben; eine undefinierbare Harmonie stellte sich ein, deren Tempo er bestimmte, bis sie im Gleichklang waren.

»Wenn ich Ihnen das verrate«, erwiderte Octave, diesmal wieder ohne sie anzuschauen, »und dadurch unweigerlich einen möglichen Prozeß beschleunige, nehmen Sie mir das dann nicht übel? Es kommt für mich nun mal nicht in Frage, ein Verhältnis mit der Frau von Alexandre einzugehen ... Niemals. Auch wenn wir beide wissen, daß es durchaus dazu kommen kann, so absurd es im Augenblick auch erscheint.«

»Das steht in der Tat nicht zur Debatte!«

»Sind Sie ganz sicher, daß Sie meine Erklärungen hören wollen? Auch wenn Sie diese auf sonderbare Gedanken bringen und, ob Sie wollen oder nicht, Ihren wahren Gefühlen entgegenkommen? Sollte das geschehen, natürlich erst, wenn ich fort bin ... müssen Sie sich klarmachen, daß Sie damit das Risiko eingehen, sich zu verlieben, ungeachtet dessen, daß ich meinerseits für immer unerreichbar bleibe ...«

»Ja.«

»Jetzt sind Sie gewarnt vor dem, was passiert ... passieren kann ... wenn ich gehe. Keinesfalls früher. Sie werden nicht sagen können, ich hätte Sie hintergangen.«

»Nein.« Sein Selbstbewußtsein verunsicherte sie.

»Gut ... aber bevor ich Ihnen sage, warum ich mich verpflichtet fühle, auf Abstand zu Ihnen zu gehen, und bevor ich diese Türschwelle überschreite, möchte ich Sie vorsichtshalber darüber aufklären, wer ich wirklich bin, Sie davon überzeugen, daß ich hassenswert bin, der letzte Mann, in den man sich verlieben kann ... schon gar nicht eine Frau wie Sie.«

»Warum *schon gar nicht eine Frau wie ich*?«

»Nein, ich sage doch lieber nichts, weil ich nicht glaube, daß Sie bereit sind, mir zuzuhören, besser gesagt zu verstehen, was ich Ihnen eigentlich anvertrauen wollte ...«

Während er sprach, verlangsamte Octave seine Schritte, zwang dadurch auch Jeanne, ohne daß sie es merkte, diesen neuen Rhythmus auf, mied aber weiterhin ihren Blick.

»Jetzt schießen Sie schon los ... das ist doch albern.«

Nach einer Weile fuhr Octave fort:

»Wenn ich eine Frau wäre, würde ich einen Bogen um mich machen. Denn ich bin ein Mann des Augenblicks, ein Mann, der sich ständig davon überzeugen muß, was er zu glauben meint, ein Mann, dessen Worte nach einer Woche nichts mehr bedeuten, vor allem, wenn sie inhaltsschwer und entscheidend sind, ein Mann, der stets alle Frauen haben wollte und haben möchte, ja, alle, um durch sie die volle Wahrheit des Lebens zu erfahren und viele Facetten seiner selbst, um sich nicht abzukapseln, einzubalsamieren in ein bereits endgültiges Ich ...«

»Von Treue halten Sie wohl nichts?«

»Mir ist noch nie eine Frau begegnet, die alle Frauen in sich vereinigt hätte.«

»Glauben Sie, daß es sie gibt?«

»Eine solche Frau? Aber natürlich! Nur konnte mir keine beweisen, daß sie diejenige war. Keine hat verstanden, in mir die Lust zu wecken, etwas anderes zu sein als ein armseliger Liebhaber. Wenn ich davon träume, treu zu sein, gelingt es mir hin und wieder, mich zu überzeugen, daß ich es bin, für eine Weile, um das zu erforschen, was man nur in der Monogamie entdeckt, aber ich bleibe nun mal jemand, dem es rasch langweilig wird, ein Typ, der sich – wie Oscar Wilde – nur dadurch der Versuchung entzieht, daß er ihr nachgibt ... und der häufig entmutigt ist, nicht der zu begegnen, die ... Ich verabscheue die Gefühle, die ich auslöse.«

»Alles in allem sind Sie ein ganz normaler Mann ...«

»Ja, sehr, sehr normal, nur daß ich mir mit Gewalt einzureden versuche, es nicht zu sein. Glauben Sie mir nicht, niemals. Jetzt ... ich weiß nicht, ob es Ihnen gelingt, mich zu vergessen. Ich weiß nicht, ob Sie sich, wenn ich fort bin, in tiefergehende Gefühle verstricken. Ich wünsche es Ihnen nicht. Leben Sie wohl, Jeanne. Ich werde ab sofort bemüht sein, Sie zu meiden.«

»Wollen Sie mir noch immer nicht sagen, warum?« hakte sie nach.

Octave faßte nach dem Unterarm der jungen Frau und verwirrte sie dadurch, daß er ihn, ohne sie anzuschauen, ein paarmal so kräftig drückte, daß sie sich auf diese Berührung konzentrierte und keine Einwände gegen das erhob, was er ihr mit beschwörender Stimme klarzumachen versuchte:

»Wenn Sie meinen Bruder verachten, dann deshalb, weil er Sie enttäuscht hat, und wenn er Sie enttäuscht hat, haben Sie ihn geliebt. Jetzt, wo Sie vor mir stehen und mir zuhören, möchte ich, daß Sie sich dazu durchringen, in mir nicht einen anderen Alexandre zu sehen, einen Alexandre, dem es gegeben ist, Sie zu verstehen, vielleicht sogar genau den Mann, zu dem zu werden Sie sich von ihm gewünscht hätten. Weder Sie noch ich wissen, ob Sie das tun werden, aber ich möchte nicht, daß Sie in mir Ihren Mann sehen, Ihren Mann ohne die Fehler, die Sie dazu gebracht haben, ihn zu verachten, einen

Alexandre, der jetzt seine Verfehlungen wiedergutmachen will. Eine Frau in Ihrer Situation mag durchaus einem solchen Trugschluß nachhängen, aber ...«

Er ließ ihren Arm los. Jeanne war plötzlich ganz Ohr für das, was er da ansprach.

»... das möchte ich nicht«, wiederholte er jetzt.

Völlig unerwartet schloß er die Augen, neigte sich zu Jeanne, und küßte, die Hand an ihrem Rücken, ihre Lippen. Ganz kurz nur, so kurz wie das Lustgefühl, das ihren zarten Körper durchflutete, ungeachtet aller Vernunft. Benommen nahm sie es hin, überwältigt, verwundert, was ihr da eben widerfahren war, während er mit gesenkten Lidern und sichtbar verlegen sagte:

»Verzeihen Sie ... Jetzt werden Sie verstehen, warum ich Sie meide. Ich möchte Ihnen niemals gefallen. Niemals.«

Damit entfernte er sich. Und in dem Augenblick, da Octave das Haus verließ, begriff Jeanne, daß er soeben in ihr Leben getreten war. Mit seinem entwaffnenden Schwung und diesem Charme, der sie erst zögernd, dann mit fliegenden Fahnen zu ihm hingezogen hatte, war er in ihre provinzielle Ruhe eingedrungen. Sofort begann Jeanne, gegen ihren inneren Zweifel anzukämpfen, verbot sich, ihren wahren Gefühlen für dieses Prachtexemplar von Mann auf den Grund zu gehen, für diesen Wunschtraum von Männlichkeit, der sich so gut darauf verstand, sie zu irritieren. Tief bewegt oder vielmehr umgarnt von Verlangen, stand sie mitten im Wohnzimmer, fragte sich nicht einmal, ob es Octave gewesen war, der sie geküßt hatte, oder Alexandre.

In Port-Vila verbreitete sich die Nachricht von Alexandres Rückkehr wie ein Lauffeuer, sorgte in jedem noch so langweiligen Kreis der Kolonie für endlosen Gesprächsstoff, selbst im englischen Club, in dem man sich doch seit jeher ungemein reserviert gab und darauf bedacht war, sich nicht in vornehmlich französische Belange einzumischen. Kam man jetzt auf Alexandre zu sprechen, so war es, als stünde sein Name für Kühnheit, ehelichen Machiavellismus und das hiesige Rätsel des Jahrzehnts schlechthin. Das Alltägliche wurde bedeutungslos, man suhlte sich in Verdächtigungen, stellte die wildesten Mutmaßungen über dieses offensichtlich raffinierte Täuschungsmanöver an. Für das gesamte dort gestrandete Völkchen, vom in ständiger Angst vor der Malaria lebenden Beamten bis hin zum eher akklimatisierten Kaufmann, konnte es sich nur um den Ehemann von Jeanne Rivière handeln, auch wenn ein paar alteingesessene Inselbewohner früher einmal einen weiteren Rivière kennengelernt hatten, einen Bruder, dessen Äußeres einer peinlich genauen Blaupause des Zwillings Alexandre entsprach. Unbeantwortet blieb die Frage, die diese Besserwisser, die sich da das Maul zerrissen, in Atem hielt: Warum war Alexandre Rivière zurückgekehrt? Seine Absichten mußten zwangsläufig ebenso unverständlich bleiben wie sein Verhalten. Man nahm an, daß sich hinter seinem Tun eine Absicht verbarg, die er, ohne es mit der Wahrheit so genau zu nehmen, zielstrebig verfolgte, auch wenn dieses Ziel die vom Siechtum der Hebriden aufgeweichte Vorstellungskraft der Inselbewohner überstieg. Immerhin stand für sie fest, daß dieser sogenannte Bruder gekommen war, um sich zu rächen – nur wofür?

Auch Jeanne stellte sich diese Frage. Sie machte sich Vorwürfe, zugelassen zu haben, daß dieser Rivière, der womöglich ihr Mann war, sie geküßt hatte, dieser Mann, durch den sie unvermittelt aus dem Gleichgewicht gebracht worden war, ungeachtet ihres Vorsatzes, Alexandre aus tiefstem Herzen zu verachten. Seit er verschwunden war, hatte sie verständlicherweise anderweitig Liebe gesucht, notgedrungen, hatte eher genommen als gegeben, sich dann und wann ein flüchtiges Vergnügen erlaubt. Stets war sie darauf bedacht gewesen, Abstand zu dem Schwarm ihrer Verehrer zu wahren und keine zu tiefgehenden Gefühle zuzulassen, aus Angst, sich in einer weiteren Mittelmäßigkeit zu verschleudern. Und jetzt war Alexandre in Gestalt von Octave wieder aufgetaucht – so als wäre das alles nur ein Scherz – und entzog dadurch ihrem Zorn und ihren ellenlangen Vorwürfen den Boden, indem er ihre Sinne beherrschte. Mit wenigen Antworten und ohne sie dabei anzuschauen, hatte er ihre auf Abwehr ausgerichtete Höflichkeit ausgehebelt, ihre Zurückhaltung, die eine Vorsichtsmaßnahme war. Die ungeklärte Frage nach der Identität dieses Rivière, der da vor ihr gestanden hatte, brachte Jeanne völlig durcheinander. Ihr früheres Verhalten Alexandre gegenüber hatte sich als untauglich erwiesen, war überholt. Von diesem Rätsel in Beschlag genommen, fand ihr hypnotisierter Verstand nicht mehr die Muße, den Gründen für ihren Groll nachzuspüren.

Ein weiterer Umstand schürte ihren Ärger. Max und Bérénice hatten Wind von diesem Octave bekommen, von dem es hieß, er sei ihr Vater. Beide ahnten nicht, daß er sich dort, wo sie sich aufzuhalten pflegten, nur hatte sehen lassen, damit sie hörten, daß man über ihn sprach. Man hatte ihn auffallend unauffällig um den Eingang ihrer Schule herumstreichen sehen sowie an anderen Orten, wo die Kinder für gewöhnlich herumtobten. Daß dieser Mann, dessen Untertauchen sie niemals begriffen hatten, wieder zurück war und sie seit seiner Ankunft auf den Hebriden zu meiden schien, war für sie unverständlich, und erst recht konnten sie sich nicht erklären, warum ihre Mutter sich darüber ausschwieg, mit einer Beharrlichkeit, die sie um so rebellischer werden ließ. Dabei wußte Jeanne gar nicht, was sie ihnen sagen sollte!

Bis eines Abends Bérénice ihren ganzen Mut zusammennahm und ohne auch nur zu ahnen, inwieweit sie dabei indirekt von Octave beeinflußt wurde, fragte:

»Ist das nun Papa oder nicht, dieser Monsieur?«

Zögernd und voller Angst, ihren Kindern gegenüber einen schwerwiegenden Fehler zu begehen, sagte Jeanne schließlich:

»Ich weiß es nicht.«

»Er sieht aus wie er«, erklärte Max, »ich habe ihn am Hafen gesehen.«

»Er behauptet, sein Zwillingsbruder zu sein«, sagte Jeanne. »Den gab es tatsächlich, aber ich dachte, er sei tot. Papa wollte nicht darüber sprechen.«

»Dann ist er unser Onkel«, folgerte Max.

Und Bérénice merkte an:
»Lucie, die kriegt Besuch von ihrem Onkel ...«
Jeanne ging über diese versteckte Aufforderung zu einer Erklärung hinweg; sie stand auf und räumte geräuschvoll den Tisch ab, versuchte, durch Haushaltspflichten vom Thema abzulenken. Bérénice indes bewies Ausdauer:
»Er kommt sonntags zu ihnen, ihr Onkel ...«
»Kann sein, daß Octave sich auch mal hier blicken läßt ...«, erwiderte Jeanne verlegen und deutete damit an, daß sie kein weiteres Wort darüber verlieren wollte.
»Octave oder Papa?« bohrte Max weiter.
»Wenn ich das wüßte, meine Schätzchen, hätte ich euch das längst gesagt.«
»Wenn er doch aber unser Onkel ist, warum besucht er uns dann nicht?« quengelte Bérénice.
»Vielleicht seid nicht ihr es, die er nicht sehen will ... sondern ich«, gab Jeanne zurück.
»Warum?«
»Warum ist Papa überhaupt fortgegangen?« Bérénice bemühte sich trotz ihrer deutlich sichtbaren Erregung um Gelassenheit.
Jeanne hatte mit ihnen niemals über ihre einstigen Differenzen gesprochen, von ihrem übermächtiger werdenden Wunsch, sich das Leben zu nehmen, von ihrer Weigerung, sich an ein unvollkommenes Dasein zu klammern. Sie wußten nicht, daß ihre Maman nur ihretwegen davon Abstand genommen hatte, in den Tod zu gehen, wie schwer es ihr gefallen war, sich mit den Gegebenheiten abzufinden. Wie sehr sie darunter litt, auf die große Liebe verzichten, mit diesem Widerwillen leben zu müssen, der so übermächtig war, mit diesem

Überdruß, der sich auf alles übertrug. So war Jeanne nun einmal, unfähig, ihrem Bedürfnis nach Erfüllung zu entsagen. Lieben sollte eine himmlische Betätigung bleiben, darüber hinaus gab es nichts, was ihr erstrebenswert schien, nichts als ein Nichts, in Windeseile herbeizuführen, indem sie sich mit einem Pistolenschuß auslöschte. Es gibt Rosen, die störrisch vertrocknen, wenn man sie nicht mehr beachtet; dabei sind sie keineswegs störrisch, sondern begierig darauf, sich zu entfalten. Sie sind Rosen, die nichts anderes im Sinn haben, als sich zu schenken.

Jeanne erklärte Bérénice, sie wisse nicht, was ihren Vater veranlaßt habe, sich auf und davon zu machen und weiterhin zu verstecken. Sie suchte nach Worten, die sie selbst überzeugen sollten, daß Octave nicht der Vater ihrer Kinder war. Als sie die Worte gefunden hatte, sagte sie sich, daß dieser Zweifel dennoch ausgeräumt werden müsse, um sich nicht länger damit herumzuquälen und ihren Kindern offen Rede und Antwort stehen zu können.

Das Indiz, Octaves abstehende Ohren, wie sie früher auch Alexandre gehabt hatte, ehe er sich dem Eingriff in Melbourne unterzog, untermauerte die Annahme, daß er nicht ihr Ehemann war. Andere Anhaltspunkte wiederum widersprachen diesem Eindruck, so daß Jeanne nichts anderes übrig blieb, als eingehend und mit welchen Mitteln auch immer danach zu forschen, die Wahrheit aufzudecken und sich zu zwingen, ihre obskuren Gelüste in die Schranken zu weisen. Ihr war vollkommen bewußt, daß sie sich insgeheim zu diesem Mann hingezogen fühlte, trotz aller Verunsicherung. Indem sie diesen prickelnden Zweifel am Köcheln hielt, war es ihr möglich, das Vergnügen auszukosten, einem Alexandre zu begegnen, der seine Unduldsamkeit abgeschüttelt hatte, diesem Meister der Kunst, in ihr das Gefühl zu wecken, nicht mehr so allein zu sein, einem Mann, der weniger beherrscht wurde von Ansprüchen und Überzeugungen, kurzum einem Mann, wie sie sich ihn von Anbeginn ihrer Liebesbeziehung gewünscht hatte. Sollte er denn wirklich Alexandre sein, war sie ihm noch immer viel zu böse, um ihn mit verliebten Augen anzusehen, mit dieser überbordenden Gefühlsregung, die ihr zu schaffen machte und an die zu glauben sie sich noch weigerte; wenn es sich um Octave handelte, war sie enttäuscht, daß Alexandre nicht diese Energie aufgebracht hatte, diesen Reichtum an Phantasie, um wieder in ihr Leben einzutreten. Diese allzu gradlinige Hypothese war es, die ihr stärker zusetzte als alles andere.

Schon weil die Kinder immer wieder indirekt Druck ausübten, beschloß Jeanne eines Abends, Octave einen Besuch abzustatten, in einem heruntergekommenen, vom letzten Zyklon arg gebeutelten Hotel am Hafen im typischen Kolonialstil. Keinen Moment lang kam ihr der Gedanke, daß Octave nicht hätte geschickter vorgehen können, um sie dazu zu bringen, ihn aufzusuchen. Anstatt von sich aus bei Max und Bérénice aufzukreuzen, zog er es vor abzuwarten, daß die Kinder, ungeduldig, wie sie waren, ihre Mutter drängen würden, Kontakt mit ihm aufzunehmen, um herauszufinden, ob dieser Mann, von dem ganz Port-Vila sprach, ihr Vater war oder nicht. Zur Beschleunigung dieses Plans konnte Octave keine besseren Handlanger finden als Max und Bérénice, die sich wie alle Kinder darauf verstanden, ihre Eltern durch indirekte Anstöße unmerklich zu beeinflussen.

Jeanne also nahm an, mit ihrem Vorhaben, zu Octave zu gehen, einer spontanen Eingebung zu folgen; sie kam gar nicht auf die Idee, jemand könnte sie dazu verleitet haben. Im Gegenteil. Als sie die Treppe des Hotels hochstieg, redete sie sich ein, daß sie gerade dadurch, daß sie Octaves Vorsatz, sie zu meiden, nicht respektierte, ihre Unabhängigkeit unter Beweis stellte. Sie verschwendete keinen Gedanken daran, daß er ihr nur eine Gelegenheit verschafft hatte, sich gegen ihn aufzulehnen.

Am Empfang erfuhr sie, daß Monsieur Rivière in der evangelischen Schule sei, durch die sich Max und Bérénice quälten, in jenem Institut, in dem sie selbst keinen Unterricht erteilte und in dem sich beide Kinder gräßlich langweilten. Der neugierige Blick des Portiers, nicht anders als der aller Hebridenbewohner, wenn in ihrer Gegenwart die Sprache auf Octave kam, suchte in Jeannes spärlichen Reaktionen nach einem Hinweis zur Entschlüsselung des Geheimnisses: Wußte sie, wer dieser Mann war? Verstimmt, wenngleich ohne sich das anmerken zu lassen, zog Jeanne zur Schule der Presbyterianer. Auf halbem Wege, in einer Kokospflanzung an der Küste, entdeckte sie den Mann, der entschlossen war, ihr nicht zu gefallen, diesen Dickschädel, der sie dennoch geküßt hatte.

Auch Octave bemerkte Jeanne und blieb stehen, wartete in der Abendsonne, die die Landschaft weichzeichnete, bis sie bei ihm war. Diese Zeitspanne und sein eigensinniges Verharren ließen sie das gesamte Ausmaß ihres Wunsches nach einer Begegnung mit ihm spüren.

Durch sein Verhalten schien Octave ihr unverhohlen klarzumachen – andernfalls hätte das auf einen Komplex gedeutet –, daß er es vorzog, ihr auch nicht einen Schritt entgegenzukommen.

Seine Zurückhaltung weckte in Jeanne das unbändige Verlangen, es auf Verführung anzulegen, die gesamte Bandbreite ihrer Weiblichkeit zu entfalten, eben das, was man tut, wenn man gefallen will. So etwas wie Trunkenheit mischte sich in ihren wohligen Schauer, dieses triumphale, berauschende Gefühl, das so wenige Männer dem anderen Geschlecht zu vermitteln imstande sind, eilig, wie diese Schwachköpfe es haben, sich an den Körper der Frauen heranzumachen, noch ehe diese alle Register ihrer Verführungskünste gezogen haben. Alexandre hatte nie verstanden, sich im Zaum zu halten; stets hatte er, getrieben von seiner unbezähmbaren Gier, Jeannes Verlangen durch seine eigene Hast zum Stolpern gebracht.

Sie trat auf ihn zu, wollte etwas sagen, aber er schleuderte ihr, einmal mehr ihrem Blick ausweichend, entgegen:

»Jeanne, aus vielerlei Gründen (sprachlich gewandter, schoß es ihr durch den Kopf, wäre es gewesen, *aus ganz persönlichen Gründen* zu sagen, und das brachte sie aus dem Konzept), würde ich Sie gern zu einem Kaffee einladen. Und aus vielerlei Gründen, die mit mir zu tun haben, möchte ich, daß Sie das ablehnen, das käme mir entgegen, in der Tat.«

»Dann werde ich Ihnen entgegenkommen ... wenn Sie sich bereiterklären, ein paar Schritte mit mir zu gehen.«

»Wissen Sie, warum es schwieriger ist, einer Frau nicht zu gefallen als ihr zu gefallen?«

»Mir scheint, Sie haben keine Ahnung von Frauen!«

»Stimmt. Gerade deshalb habe ich Ihnen ja diese Frage gestellt ... ich kann sie nicht beantworten!«

»Es genügt sehr wenig, um nicht zu gefallen, sehr, sehr wenig ...«

»Was für einen Rat würden Sie einem Mann geben, der die Kunst beherrschen möchte, seiner Schwägerin nicht zu gefallen?«

»Aber das gelingt Ihnen doch sehr gut ...«

»Nicht so gut, wie ich möchte ... sonst würde ich Ihnen nicht aus dem Weg gehen.«

»Warum weichen Sie eigentlich seit unserem ersten Treffen meinem Blick aus? Es ist sehr unangenehm, sich mit jemandem zu unterhalten, der an einem vorbeisieht!«

»Ich habe festgestellt, daß es mir bei einer Frau, die mich fasziniert, leichter fällt, einen kühlen Kopf zu bewahren, wenn ich sie nicht anschaue. Daß ich mich so verhalte, ist mir erst einmal passiert – als ich die kennenlernte, die nicht meine Frau hätte werden dürfen ...«

Auch jetzt war er peinlich darauf bedacht, sie nicht anzusehen, den Blick dorthin wandern zu lassen, wo sie nicht war, und das bereitete der weidlich verstörten Jeanne nur noch mehr Unbehagen. Den sich neigenden australischen Sommer einatmend, wurde Octave deutlicher:

»Es gibt Frauen, deren Schönheit blendet. Dagegen muß man sich schützen, sonst verliert man den Verstand. Verstehen Sie, was ich meine?«

Jeanne durchlief ein Schauer; zum erstenmal hatte sie das Gefühl, hübsch zu sein. Nicht daß sie es nicht war, im Gegenteil, ihre zarte Anmut war unübersehbar, aber sie gehörte zu denen, die sich von Jugend an andere Vorstellungen von sich gemacht hatten und weiterhin nichts von ihrer Ausstrahlung ahnten, überzeugt, daß sie es nicht verdienten, mit schwärmerischen Blicken bedacht zu werden. Natürlich hatten sich die Männer seit der Zeit, da sie zur Frau herangereift war, darin abgewechselt, sie dieser Sorge zu entheben, aber sobald sie mit schmeichelnden Adjektiven um sich warfen, wertete Jeanne das noch immer als hintersinniges Süßholzraspeln, um sie herumzukriegen, oder als das krasse Fehlurteil eines Verliebten. Alexandre hatte es nie verstanden, ihr schwaches Selbstvertrauen zu stärken – ungeschickt, wie er war, bediente er sich nur vager Andeutungen, die schlußendlich wenig glaubhaft klangen –, während Octave ihr allein durch sein Verhalten bestätigte, daß sie gut aussah. Selbst seine Verlegenheit drückte das aus, auch wenn sein Blick beharrlich an ihr vorbeiging, einen Punkt in der Landschaft fixierte, um sich nicht in die Gefahr zu begeben, die sie offenbar für ihn darstellte.

»Warum hätte sie Sie nicht heiraten sollen?« hakte sie nach.

»Ich bin der Meinung, eine Frau sollte sich mit einem Mann niemals einsam fühlen ... finden Sie nicht auch?«

Jeanne war wie versteinert. Octave hatte soeben mit ein paar Worten all das ausgedrückt, was zu begreifen sie sich einstmals von Alexandre gewünscht hatte; und im selben Augenblick schoß ihr durch den Kopf, daß um derart genau auf den Punkt zu bringen, was sie durchgemacht hatte – die tödliche Einsamkeit zu zweit –, dieser Mann nur der sein konnte, der vor zwei Jahren das rote Heft gelesen hatte: Alexandre, der durch besagte Lektüre vom Ausmaß ihrer Verletzungen erfahren hatte, die Details ihrer Enttäuschungen kannte, die dazu geführt hatten, daß sie ihn verachtete.

»Wer sagt Ihnen, daß sie unter so etwas gelitten hat?« nahm sie geschickt das Gespräch wieder auf, ohne sich ihre Erregung anmerken zu lassen.

»Angefangen hat es, glaube ich, in unserer Hochzeitsnacht ... Sie ahnen ja nicht, was ich mir da geleistet habe ... Ich hatte Angst vor Ariane, zweifellos, richtig Schiß, mich an sie zu verlieren, davor, daß sie die beherrschende Kraft in unserer Beziehung werden könnte ...«

»Was haben Sie denn gemacht?«

»Sie werden mir nicht glauben.«

»Was denn?«

»Am Abend unserer Hochzeit habe ich den Wecker auf zwölf Uhr gestellt, um dem Vergnügen ein Ende zu bereiten, unter dem Vorwand, ich brauchte ein wenig Schlaf ... gemein, nicht wahr?«

Jeanne kämpfte gegen eine Ohnmacht an.

»Ja, das ist gemein ...«, brachte sie lediglich heraus.

Ihr blutrot angelaufenes Gesicht, auf dem sich Fassungslosigkeit abzeichnete, verriet, daß sie zu keiner schlagfertigen Antwort auf diese Eröffnung fähig und kurz davor war, den Verstand zu verlieren.

»Sie glauben mir nicht?« kam es von Octave. »Ich merke doch, daß Sie das Gesicht verziehen.«

»Nein, nein ...«

Für Jeanne stand jetzt fest, daß ihr Zuhörer kein anderer sein konnte als ihr Ehemann, der ihr, kaum verheiratet, ebenfalls mit diesem vermaledeiten Wecker zugesetzt hatte; andererseits, überlegte sie, hätte Alexandre niemals gewagt, ihr diese Geschichte zu erzählen, wenn er vorgehabt hätte, in Octaves Haut zu schlüpfen. Er hätte bestimmt nicht riskiert, ein Konzept leichtfertig aufs Spiel zu setzen, an dem er zwei Jahre lang herumgetüftelt und zu dessen Umsetzung er sich einer derartigen Metamorphose unterzogen hatte. Nein, über einen derart lächerlichen Fehler würde er nicht stolpern, nicht er, nicht dieser Mann, dieser gewiefte Stratege. Und außerdem wollte Jeanne, daß er Octave war, um nicht die Beziehung, die sich zwischen ihnen anbahnte, im Keim zu ersticken. Nicht eine Sekunde lang dachte sie daran, daß, vorausgesetzt, Octave war Alexandre, er ihre Reaktion hätte vorhersehen können – man glaubt eben nur das, was man glauben möchte. Es kam ihr auch nicht in den Sinn, daß ihre Reaktion auf diese Geschichte für Alexandre – wenn er es denn war – ein Hinweis auf ihre Einstellung zu ihm sein würde. Sie war einfach zu naiv, urteilte zu impulsiv, um sich mit derart von der Vernunft beeinflußten Überlegungen aufzuhalten. Sie konnte sich rasch für etwas begeistern, ganz ungeniert; was sie sagte, verriet soviel Ehrlichkeit wie bei anderen der Akzent des Landes, aus dem sie stammten.

»Nicht zu fassen«, entfuhr es ihr jetzt, »bei mir war es genauso, ebenfalls in der Hochzeitsnacht mit Alexandre.«

»Er hat einen Wecker gestellt?«

»Ja.«

Octave schien betroffen zu sein, ohne daß sein Verhalten etwas Gezwungenes an sich hatte.

»Und jetzt nehmen Sie natürlich an, daß ...«

»... daß Sie er sind? Nein. Es kommt ja immer wieder vor, daß Zwillinge das gleiche zur selben Zeit tun, daß ähnliche Situationen sie zu den gleichen Ideen verleiten. Noch nie davon gehört?«

»Nicht zu fassen! Anstatt Verdacht zu schöpfen, rechtfertigen Sie sogar noch ein absurdes Verhalten in ein und derselben Situation! Sie stehen hier in dieser Kokospflanzung und sind verstört, weil ich aussehe wie Alexandre, und ich frage mich, ob es Ihnen gelingt, mich mit Ihrer hirnrissigen Begründung zu überzeugen!«

Der Ausdruck *hirnrissig* aus dem Munde eines keineswegs vulgären Mannes kränkte Jeanne, und diese leise Verstimmung fegte letztendlich alle Zweifel an Übereinstimmungen im Leben von Zwillingen hinweg.

»Ja«, fuhr Octave fort, »vielleicht schaffen Sie es ja, mich noch heute Abend, jetzt gleich, davon zu überzeugen oder später einmal. Bis jetzt habe ich jedenfalls nicht an einen derartigen Zwillingshumbug geglaubt!«

»Alle Welt spricht darüber ... Noch nie etwas davon gehört?«

»Hat Alexandre Ihnen das eingetrichtert? Er hat daran geglaubt ... Auch meine Frau war nicht davon abzubringen, daß eine andere bei Alex aus den gleichen Gründen leiden müsse. Sie war überzeugt, daß an diesen Zwillingsgeschichten etwas dran ist! Wenn Ariane im Beisein der Kinder weinte und ich zornig wurde, anstatt zu sagen, wie bestürzt ich darüber sei, glaubte sie, der Frau von Alex erginge es nicht anders, sie würde ebenfalls unberechtigterweise angeschnauzt.«

Jeanne nickte unmerklich, gab damit zu verstehen, daß sie sich in dieser Schilderung wiedererkannt hatte.

»Nach dem Tod unseres Vaters«, fuhr Octave fort, »war Maman unser einziger Halt. Wir waren noch klein, sie mußte schwer arbeiten. Ich fand es unerträglich, mir vorzustellen, sie könnte schlappmachen, sie, unsere Zuflucht. Und das ist mir geblieben. Ich drehe durch, sobald eine Mutter den Mut hat, sich zu ihren Schwächen zu bekennen. Es muß beschissen für Ariane gewesen sein, nicht ihre wahren Gefühle zeigen zu dürfen. Ich habe sie daran gehindert, sie sollte stark sein, sich niemals gehenlassen ... unter keinen Umständen! In solchen Augenblicken muß sie sich mit mir einsamer gefühlt haben als ohne mich ... Ich kann eben nicht lieben, ohne zu verletzten, verstehen Sie ... ich quäle die, die ich liebe! Begreifen Sie jetzt, warum ich Ihren Blick meide? Mit dem Verstand allein ist's nicht getan ...«

»Woran haben Sie gemerkt, daß Ariane unglücklich ist?« fragte Jeanne den Mann, der unbefangen von all dem sprach, was Alexandre verschwiegen oder mit ihr zu teilen er sich geweigert hatte.

»Was mich stutzig macht, ist der Ton, in dem Sie mich das fragen.«

»Was für ein Ton?«

»Der einer Frau, die das gleiche durchgemacht hat wie Ariane ...«

»Wie sind Sie dahintergekommen, daß Ariane unter ihrer Liebe zu Ihnen litt?«

»Eines schönen Tages wurde bei ihr Brustkrebs diagnostiziert. Da habe ich plötzlich begriffen. Endlich! Ich habe begriffen, wie schmerzhaft es sein kann, der zu sein, der man ist, und wozu es führen kann, wenn niemand einen darin bestärkt. Ich habe begriffen, daß es in der Liebe vor allem darum geht ...«

»Worum?«

»... dem anderen zuzugestehen, sich zu lieben. Ihm zu helfen, weniger mit seinem Leben zu hadern. Stets auf die Charakterstärken zu setzen, die er oder sie sich angewöhnt hat, nicht zu gebrauchen, über die sie verfügt, ohne es zu wissen. Aber dazu habe ich mich bei Ariane nicht durchringen können ...«

»Alexandre auch nicht. Aber im Gegensatz zu Ihnen hat er niemals darüber gesprochen ...«

»Jeanne, ich möchte, daß Sie mich zurückweisen, und das werde ich schaffen. Ich bin nicht gekommen, um Alexandre die Frau wegzunehmen ... Ich bin nicht gekommen, um Sie zu quälen.«

»Mir aus dem Weg zu gehen nützt gar nichts.«

»Stimmt. Besonders wirkungsvoll ist das nicht. Es ist sogar lächerlich, weil zwischen uns beiden nichts passieren wird, zumindest nicht im Verlauf unserer ersten sechs Begegnungen. Nichts! Es muß eine bessere Lösung geben, als Ihnen aus dem Weg zu gehen ... oder mehrere Lösungen, um mir garantiert eine Abfuhr einzuhandeln, sollte ich plötzlich merken, daß ich Sie wirklich mag. Eine Bruchlandung ist ja nie mit Sicherheit vorauszuberechnen! Deshalb muß ich es geschickt anstellen, muß mir etwas einfallen lassen, um rundum abgelehnt zu werden ... schon um Ihnen Schwierigkeiten zu ersparen!«

»Um was zu verhindern?«

»Eine Wiederholung meiner gescheiterten Beziehung zu Ariane. Also werde ich mich von Anfang an so geben, wie ich wirklich bin, ekelhaft, abstoßend und ungeeignet für die Liebe.«

Die ganze Zeit über hatte Octave sie nicht angesehen und somit auch nicht ihren Eindruck bestärkt, daß sie hübsch war, eine übernatürliche, sozusagen überwältigende Ausstrahlung besaß, die nichts zu tun hatte mit der mühsam applizierten Schönheit, die zu erlangen manch eine auf sich nimmt, indem sie bereits in aller

Herrgottsfrühe darangeht, ihr Gesicht mit Hilfe von Puder und Pinsel zu vervollkommnen, oder sich in regelmäßigen Abständen das Haar zu locken. Daß sie es gar nicht nötig hatte, sich diesem Ritual zu unterwerfen, tat Jeanne gut und kostete obendrein nichts.

»Warum sprechen Sie von sechs Begegnungen? Warum nicht von sieben?« fragte sie.

»Weil es keine Frau auf den Neuen Hebriden, wenn nicht gar in ganz Ozeanien gibt, die leichter zu verführen ist als Sie!«

»Sie sind sehr verletzend.«

»Und wenn schon. Passen Sie auf, ich werde Ihnen jetzt zeigen, wie ich wirklich bin, nämlich alles andere als liebenswürdig, und trotzdem werden Sie, wenn wir uns das siebte Mal begegnen, nichts weiter sein als eine geile Fotze! Ja, ganz genau!«

»Jetzt werden Sie aber wirklich ordinär!«

»Voilà, ich krieg's schon noch hin, daß Sie sich nicht in mich verlieben. Wenige Worte haben genügt, um Sie abzukühlen! Mir tun die leid, von denen Sie geglaubt haben, daß sie es ernst meinen ... Bei mir bedurfte es lediglich zweier Worte, um Sie vor den Kopf zu stoßen! Wo Sie doch zu denen gehören dürften, die es mit hochtrabenden, scheinbar für die Ewigkeit bestimmten Schmeicheleien halten ... und an solch albernes Geschwätz auch noch glauben!«

»Was ist bloß in Sie gefahren, daß Sie auf einmal so giftig sind?«

»Sie werden schon noch davon absehen, sich in mich zu verlieben, wenn ich Ihnen gesagt habe, inwieweit es einfach unerträglich ist, sich mit mir einzulassen. Ich halte nämlich nichts davon, sich herumzuquälen, oder daß jemand versessen darauf ist zu leiden. Ja, die Energie, die die Menschen aufbringen, um das Glück mit den Füßen zu treten, macht mich wahnsinnig! Ariane mit ihrem Drang, sich das Leben zu versauern, hat mich auf die Palme gebracht. Wenn sie einen hübschen Teller zerbrach, an dem sie hing, wissen Sie, was dann los war? Sie hat eine Viertelstunde lang herumgejammert, als ob es mit den Scherben allein nicht getan wäre! Und natürlich wurde sie fuchsteufelswild, wenn ich nicht in ihr Lamento einstimmte, während sie darauf bestand, daß es ihr gutes Recht sei, das zum Ausdruck zu bringen, was sie empfand, daß ich sie schimpfen lassen sollte, und wenn ich nichts sagte, erklärte sie, ich stelle ihre Gefühle in Abrede, verletze sie in ihrer Glaubwürdigkeit! Wenn wir ins Theater gingen und dort keinen Platz fanden, weil man an der Kasse zu viele Karten verkauft hatte, raten Sie mal, was dann los war? Ariane verwandelte sich in eine Furie! Sie wertete die Panne zu einem Drama auf, machte sich Vorwürfe und mir gleich mit! Um dann den ganzen Abend über zu meckern, bloß um nicht glücklich zu sein, obwohl man noch ein paar Stunden lang Gelegenheit dazu gehabt hätte. Und wenn mal alles glattgegangen war, sagte sie sich, daß es besser hätte laufen können und daß unsere Vergangenheit uns bedauerlicherweise manch unliebsame Überraschung beschert hätte. Und was für ein ausgemachter Spielverderber war ich doch, wenn ich dann vorschlug, das Thema zu wechseln anstatt immer nur den alten Scheiß wieder aufzuwärmen ... Ein anderes Thema anzuschneiden war gleichbedeutend damit, sich zu drücken! Zu kneifen! Ich verstehe nicht, wie man sich derart dem Glücklichsein widersetzen kann. Wie Sie sehen, bin ich, wenn es darum geht, auf Teufel komm raus unglücklich zu sein, ein Scheusal, unbrauchbar, tyrannisch, intolerant! Und ich will mich nicht mehr verlieben, ich will nicht mehr unter den Marotten der anderen leiden, unter ihrem blödsinnigen Drang, unglücklich sein zu wollen.«

»Geht mir genauso. Ich möchte mich auch nicht mehr verlieben.«

»Haben Sie schon mal überlegt, daß man sich nicht so ohne weiteres darauf versteifen kann?«

Diese Frage verunsicherte Jeanne; sie fand keine Antwort darauf.

»Haben Sie schon mal davon gehört«, fragte er weiter, »daß eine Frau aus heiterem Himmel eine unbändige Lust überkommt, sich verführen zu lassen?«

»Wieso unbändig?«

»Weil sie ihr widerstehen möchte und es ihr nicht gelingt ... nicht gleich. Können Sie sich noch erinnern, was Sie zu Beginn Ihrer Beziehung mit Alexandre empfanden? Können Sie sich genau erinnern oder nur an bestimmte Situationen?«

»Eher an bestimmte Situationen.«

»Und die Erinnerung ... kommt sie eher zu bestimmten Zeiten wieder hoch?«

»Ja, zweifelsohne.«

»Bestimmt frühmorgens oder am Abend.«

»Eher abends.«

»Zum Beispiel heute abend ...«

Und da er merkte, daß sie sich weiterhin zugeknöpft gab, wurde Octave deutlicher:

»Um seinen Erinnerungen nachzuhängen, muß man nicht unbedingt entspannt sein. Setzen Sie sich doch, hierhin, zu meiner Rechten.«

Er deutete auf einen mit Moos bewachsenen Baumstumpf zu seiner Linken, was sie, wie er sehr wohl bemerkte und beabsichtigt hatte, noch mehr durcheinanderbrachte.

»Um sich auf bestimmte Empfindungen zurückzubesinnen, müssen bei dem einen oder anderen bestimmte Voraussetzungen gegeben sein ... Ich weiß nicht, ob es Ihnen hilft, wenn Sie bequem sitzen. Finden Sie es angenehm, sich Ihren Gedanken zu überlassen und ohne daß Sie verliebt sind, daran zu denken, daß Sie es waren?«

»Jedenfalls ist es schön, solchen Gefühlen nachzuhängen. Obwohl ... ich mich nicht mehr verlieben möchte.«

»Dennoch ist es schön, solchen Gefühlen nachzuhängen ... ich möchte aber nicht, daß Sie sich allzu bald wieder verlieben ...«

Jetzt, da er in etwa ihre eigenen Worte wiederholt hatte – und die Suggestivwirkung lag in diesem *in etwa* –, sah Jeanne dicht vor sich die minutiöse Kopie des Gesichts von Alexandre, der die Augen zusammenkniff, wie um den Augenblick besser zu verinnerlichen, sich mit ihr in einer ewig währenden, von Erinnerungen durchzogenen Gegenwart einzurichten, indem er das Schönste aus ihrer Vergangenheit zusammenkratzte. Dadurch und durch sein Schweigen gestattete ihr Octave-Alexandre, ihren Ehemann für eine Weile erfüllter Zweisamkeit wiederzufinden, glückliche Stunden an der Seite Alexandres heraufzubeschwören. Diese von gemeinsamen Empfindungen durchzogene Stille war ihnen genug und überraschte Jeanne um so mehr, weil ihr Ehemann ihr doch nur selten zugebilligt hatte, sich gehen, von der Welt der anderen vereinnahmen zu lassen, und sei das auch nur für die Dauer eines Kartenspiels. Stets war er auf dem Sprung gewesen, die Flucht anzutreten, um sich nicht gänzlich mitteilen zu müssen, so als schwebte er in ständiger Angst, etwas von sich preiszugeben. Fast flüsternd vertraute Octave ihr jetzt an:

»Ich kannte mal eine Frau, die, um wieder Spaß an der Liebe zu finden, sich zunächst verstellt hat. Weil der Gedanke, sich tatsächlich zu verlieben, sie beunruhigte, hat sie angefangen, Gefühle zu heucheln. Sie hat recht schnell Gefallen daran gefunden, ich weiß nicht genau, zu welchem Zeitpunkt oder was ihren Sinneswandel bewirkte, ob er überraschend kam oder nach und nach. Jedenfalls hat sie sich den Versuch erlaubt, ab sofort nicht länger gegen ihre erst unterschwelligen, dann heftigeren ... schließlich ganz ehrlichen Gefühle anzukämpfen. Schwergefallen ist ihr das nicht. Sie wußte nicht, ob aus diesem Spiel Ernst würde, nein, dazu war es viel zu früh und sie selbst noch nicht locker genug. Aber es machte ihr Spaß, so zu tun als ob ...«

Unvermittelt brach Octave ab.

»Und?« fragte Jeanne nach einer Weile. Irgendwie kam es ihr vor, als sei sie in die Geschichte mit einbezogen.

»Ich weiß nicht, ob sie letztendlich auch wieder Freude daran gefunden hat, verliebt zu sein, ich weiß nur, daß ich einer Freundin dazu verholfen habe, sich nicht länger das Leben schwerzumachen.«

Wieder schwieg Octave, reckte sich genüßlich, immer darauf bedacht, den Blickkontakt mit Jeanne zu vermeiden. Dann stand er auf und ging ein paar Schritte auf das im Schatten liegende Ufer zu, über dem bereits die Nacht heraufzog und das tiefe Blau der Lagune noch dunkler werden ließ. Jeanne blieb sitzen, von Octaves letzter Bemerkung betroffener, als ihr lieb war.

»Wie haben Sie sich Ihrer Freundin gegenüber verhalten?« fragte sie schließlich.

»Ich glaube nicht, daß Sie das interessieren dürfte. Wahrscheinlich fänden Sie es sogar einigermaßen absurd. Vor allem eine Frau wie Sie!«

»Erzählen Sie es mir trotzdem«, forderte sie ihn leicht gekränkt auf, wobei sie sich abermals fragte, ob Octave nicht doch Alexandre war und etwas angesprochen hatte, was ihr mit am meisten zu schaffen machte – nur daß sie sich nicht eingestand, daß sie in diesem Punkt nicht anders war als andere, sondern sich vielmehr für einmalig hielt, für ein einzigartiges Geschöpf Gottes.

»In gewissen Situationen«, nahm Octave das Gespräch wieder auf, »versteht man, was sich hinter den Dingen verbirgt ... das letztemal, als ich diese Geschichte erzählte, haben sich die Leute über mich lustig gemacht.«

»Aber warum denn?« Jeanne ließ nicht locker.

»Ich habe diese Freundin aufgefordert, die schwierigen Situationen, in denen sie sich völlig unnötigerweise das Leben vergrätzt hat, in Prozenten auszudrücken. Wie hätten Sie denn geantwortet? Mal grob geschätzt?«

»Keine Ahnung ... vielleicht dreißig Prozent.«

»Nun, sie war schlechter als Sie! Sie kam auf neunundvierzig Prozent, was eigentlich gar nicht so übel ist, weil das im Umkehrschluß besagt, daß sie in der Lage war, sich in einundfünfzig Prozent der schwierigen Situationen nicht selbst im Weg zu stehen.«

Jeanne dachte nicht lange darüber nach, aber mit einer Quote von siebzig Prozent hatte sie eine sehr viel bessere Ausgangsposition.

»Ich habe ihr daraufhin erklärt«, fuhr Octave fort, »daß es in Anbetracht ihrer Gewohnheit, sich fälschlicherweise in etwas zu verrennen, gänzlich unmöglich, ja sogar gefährlich wäre, die Quote mit einem Schlag von einundfünfzig auf – sagen wir – siebzig Prozent zu steigern, sogar schon von einundfünfzig auf einundsechzig Prozent, daß es aber unter Umständen zu schaffen sei, wenngleich riskant bliebe, sie von jetzt auf gleich von einundfünfzig auf zweiundfünfzig Prozent zu erhöhen. Können Sie mir folgen?«

»Ja.«

»Das war's. Das ist alles.«

»Das war was?«

»Sie glauben doch nicht etwa, ich hätte mir eingebildet, besser als Sally zu wissen, wie sie es anstellt, ihre Positivbilanz zu verbessern ... und sei es auch nur um ein Prozent. Schon weil sie um Dinge wußte, von denen sie nicht wußte, daß sie sie wußte, von denen ich jedoch keine Ahnung hatte! Was hätten Sie ihr denn geraten zu tun, um ein Prozent wettzumachen?«

»Da bin ich überfragt ... aber ein Prozent, das dürfte doch nicht so schwer sein. Sie hätten ihr vielleicht vorschlagen können ...«

»... weiterhin genau das gleiche zu tun – weil sie daran festhielt, sich das Leben schwerzumachen –, nur eben auf andere Weise. Und das hat sie getan, und zwar dadurch, daß sie lediglich eine Kleinigkeit ihres frustrierenden Alltags änderte. Und das hat mich völlig umgehauen!«

»Was hat sie gemacht?«

»Das möchte ich Ihnen nicht verraten, weil ... ich will nicht, daß Sie das gleiche tun, auch wenn ich ein derart mutiges Vorgehen bewundere. Ja, ich will es nicht! Außerdem ... verstehen Sie sich gut mit Ihrer Mutter?«

»Nicht unbedingt!« erwiderte Jeanne und lachte auf.

»Belastet es Sie, wenn Sie immer wieder Situationen im Zusammenhang mit Ihrer Mutter heraufbeschwören, längst vergessene Bilder, über die Sie sich dann ärgern?«

»Gewiß ... darin bin ich einsame Spitze!«

»Genauso verhielt es sich bei jener erstaunlichen jungen Dame auch. Sally hat sich davon befreit, indem sie lediglich ein Prozent des üblichen Szenarios veränderte, das sie zur Verzweiflung trieb und weswegen ihr so manch schöner Abend verdorben wurde.«

»Was hat sie gemacht?« Jeanne wollte unbedingt wissen, wie diese Frau es geschafft hatte, ihn zu beeindrucken.

»Darf ich Sie etwas fragen?«

»Nur zu!«

»Als ich Ihnen vorhin von meiner Frau erzählte, von ihrem umwerfenden Talent, alles immer nur negativ zu sehen, habe ich aus der Art, wie Sie den Kopf hielten, geschlossen, daß Alexandre Ihnen ähnliche Vorhaltungen gemacht haben muß ... oder täusche ich mich?«

»Nein.«

»Und Sie haben sich gesagt: Moment mal, das ist möglicherweise doch Alexandre, der da redet – richtig? Sie haben sich gesagt, daß ich unmöglich rein zufällig von etwas spreche, worunter Sie ... ständig gelitten haben!«

»Das habe ich mich tatsächlich gefragt ...«

»Aber Sie täuschen sich, Jeanne. Das war weder ich noch Alexandre, der da zu Ihnen sprach – das waren alle Männer! Lassen Sie mich Ihnen sagen, daß Sie in diesem Punkt wie mehr oder weniger alle Frauen sind. Ihre Art, sich das Leben zu vergiften und nebenbei auch noch die Männer zu verteufeln, ist schrecklich billig. Ja, hundsgewöhnlich ist das! Jämmerlich!«

»Ich bin nicht hergekommen, um mich vom Doppelgänger meines Mannes beleidigen zu lassen!« erwiderte sie bissig.

»Oho, jetzt, wo ich deutlicher werde, fangen Sie mit einemmal an, mich soweit zu verachten, daß ich mich in Ihrer Gesellschaft wohlfühle. Um aber ganz sicherzugehen, möchte ich von Ihnen hören, warum Sie sich niemals in mich verlieben werden! Jetzt sofort!«

Jeanne schwieg verblüfft und halsstarrig zugleich, ohne zu begreifen, daß, wenn sie diesem *jetzt sofort* von Octave nicht nachkam, sie sich in Wahrheit von seinen Worten beeinflussen ließ. Im Bewußtsein, diese Unterhaltung zu steuern, fragte Rivière weiter:

»Was werden Sie tun, um in meiner Gegenwart jedes sinnliche Gefühl im Keim zu ersticken? Haben Sie einen genauen Plan, wie Sie sich absichern und gegen Ihre Emotionen schützen können, ohne daß ich mich zwischendurch von meiner häßlichen Seite zeigen muß? Was, wie Sie zugeben werden, abscheulich ist. Sind Sie imstande, mir zu erklären, wie Sie es anzustellen gedenken, Ihre Gefühle in bezug auf mich zu unterdrücken, sollten sie hochkommen?«

Die Wiederholung dieser Fragen lockte Jeanne schließlich doch aus ihrer Reserve:

»Ein derartiges Problem stellt sich erst gar nicht!«

»Natürlich nicht! Aber das ist keine Antwort.«

»Worauf wollen Sie hinaus?«

»Solange Sie mir darauf nicht antworten, werde ich Ihnen aus dem Weg gehen, unserer Freundschaft zuliebe. Also denken Sie darüber nach. Sie können sich damit Zeit lassen oder aber jetzt gleich damit rausrücken, ganz wie Sie wollen. Sie können diese Frage aber auch beantworten, ohne mir Ihre Lösung zu verraten. Das heißt, es genügt, wenn Sie sagen, daß es eine Lösung gibt, daß Sie sich voll und ganz in der Gewalt haben. Es gibt also genug Möglichkeiten, Jeanne. Nur hüten Sie sich vor einer vorschnellen Antwort. Das wäre unüberlegt, stimmt's?«

»Eigentlich wollte ich mit Ihnen über etwas ganz anderes sprechen: über meine Kinder. Max und Bérénice leiden darunter, Max ganz besonders, daß ihr Vater nicht mehr da ist ... und daß Sie wieder aufgetaucht sind.«

»Nicht doch, angekommen«, stellte er richtig.

»Wenn Sie so wollen ...«

»Was kann ich tun?«

»Sie besuchen, mit ihnen reden, ihnen sagen, wer Sie sind, wenn Sie es sind. In der Schule hören sie alles mögliche. Bei den Presbyterianern wird nun mal viel getuschelt ...«

»Als kleiner Junge hatte ich einen wunderbaren Lehrer, Monsieur Erickson. Alexandre hatte ihn nicht. Er hat mich dazu gebracht, mich zu ändern und auf die anderen einen positiven Einfluß auszuüben. Monsieur Erickson hatte eine eigenartige Vorstellung von Liebe. Für ihn bedeutete Liebe auch und vielleicht vor allem, den anderen von seiner Überzeugung abzubringen, das Leben sei eine einzige Last, und ihm die Möglichkeit zu geben, seine Ängste abzuschütteln, sie auf indirekte Weise zu überkommen. Ja, indirekt ...«

»Wieso erzählen Sie mir plötzlich von diesem Erickson?«

»Weil Sie erwähnten, daß Max leidet und Bérénice auch ...«

Und während er auf das Dorf ganz in der Nähe zeigte, fuhr er fort:

»Wenn ich von diesen Melanesiern verlangen würde, mich in ihre Hütte zu tragen, glauben Sie, sie würden es tun?«

»Wohl nicht ... ganz bestimmt nicht!«

»Natürlich nicht ... rundheraus Forderungen zu stellen bewirkt wenig, zeugt auch von Respektlosigkeit den anderen gegenüber ... im Grunde sogar von Unreife. Wissen Sie, wie sich Monsieur Erickson verhalten hätte, um durchzusetzen, in das Haus von diesen Leuten getragen zu werden?«

Jeanne schüttelte den Kopf.

»Passen Sie auf«, raunte Octave. »Und versuchen Sie zu verstehen, was ich Ihnen mit dem, was ich jetzt tue, sagen möchte. Ja, versuchen Sie's, wenn Sie können.«

Unvermittelt raffte sich Octave dazu auf, ihr offen in die Augen zu schauen, eine Sensation, die Jeanne als derart umwerfend empfand, als hätte sie ein lange zurückgehaltener Uppercut getroffen. Endlich war sein Blick ungezwungen, war wäßrig und glänzend vor Erregung, der weitsichtige Blick des Kurzsichtigen, der über das, was gerade vorging, hinausreichte. Sichtlich berührt durchfuhr es Jeanne, die an ihrer Gegenwehr zweifelte, daß dieser Zwitter aus Macho und Gentleman der Beweis dafür war, daß lieben wundervoll sein konnte. Sie spürte genau, daß er es nicht darauf angelegt hatte, ihre Zuneigung zu wecken; er tat es dennoch, beharrlich, ohne es zu merken, durch die Entschlossenheit, die aus seinen hellblauen Augen blitzte, die der Schlüssel zum Verborgenen seines Charakters waren. Das Klima tat ein Übriges, sie zu erweichen. Sie gab ihren Widerstand auf. Die Waffe dieses Rivière, mit der er unwillkürlich die Frauen für sich einnahm, war sein nuancenreicher Charme, dieses Verführerische in seinem angedeuteten Lächeln, mit dem sich ein immer wieder hypnotischer Redeschwall verband.

Jetzt entfernte sich Octave ohne ein weiteres Wort, gesellte sich zu dem Grüppchen geschmeidiger Melanesier, die plaudernd vor einer Hütte standen. Ihre athletisch gemeißelten Hintern waren notdürftig von einem Lendenschurz verhüllt, einem Geflecht aus tropischen Blättern mit einem vorne keck abstehenden, durchaus kleidsamem Penisfutteral. Octave wechselte ein paar Worte in Bichelamar mit ihnen – dem kreolischen Englisch, das man in der Gegend sprach –, um dann mit einemmal den Eindruck zu erwecken, er sei ernstlich krank. Seine Wirbelsäule gab nach, er sackte auf den mit Kopraresten übersäten Boden. Jeanne, die nicht wußte, ob er simulierte oder nicht, wollte zu ihm laufen, aber die kräftigsten der Männer – mit stählernen Armen und einem Körper kraftvoll wie ein Bison – trugen ihn bereits in die geräumige Hütte. Octave hatte gesiegt!

Jeanne lächelte. Nein, dieser Rivière war eindeutig nicht Alexandre, der es so gar nicht verstand, Widerstand durch indirekte Manöver zu brechen, sondern stets bemüht war, was immer er sich in den Kopf gesetzt hatte, auf direktem Wege durchzusetzen. Und schließlich, warum hätte sich Alexandre einer solchen Übung unterziehen sollen? Warum hätte er, der doch derart angewidert von ihr war, diese außergewöhnliche Demonstration in Szene setzen sollen?

Und während sie weiterhin über die wahre Identität dieses Rivière nachgrübelte, ahnte sie nicht, daß Octave ihr dadurch, daß es ihm gelungen war, sich in die Hütte tragen zu lassen, einen Teil seines Geheimnisses offenbart hatte. Was sie ebenfalls nicht ahnte, war, daß ihr zuvor geführtes Gespräch ihr Leben aus dem Gleichgewicht bringen sollte. Daß sie, nicht anders als andere Gefangene ihrer Psyche, durch die Beharrlichkeit dieses Zauberers bald von ihren Ängsten befreit werden würde. Das einzige, was sie vage ahnte, wenn er ihre Fragen mit eigenartigen Gegenfragen oder in Rätseln beantwortete, war, daß Octave ihr die Freude am Leben wieder nahegebracht hatte, die Lust, vom bisherigen Kurs ihrer Gedanken abzuweichen, das System ihrer üblichen Verhaltensweisen in Unordnung zu bringen. Alles an diesem Mann bewirkte, sie neuerlich zur Frau werden zu lassen, zu einer anderen.

Wie aber konnte er so sicher sein, daß ihre siebte Begegnung entscheidend sein würde?

Sich das Leben schwermachen ... Wenn Jeanne zurückblickte, mußte sie sich eingestehen, wie freudlos ihr Dasein gewesen war, weil sie alles darangesetzt hatte, es mit Verbitterung zu füllen. Ihr unermüdliches Suchen nach dem Grenzenlosen hatte sie gequält und daran gehindert, das zu genießen, was das Leben in seiner Güte für sie bereithielt; und vor allem war da ihre Manie gewesen, sich grundlos mit dem Unglück herumzuschlagen, endlosen Frustrationen und immer neuem Ärger. Sally, die Freundin von Octave, war da nur ein billiger Abklatsch ihrer Person gewesen, die sich nach allen Regeln der Kunst zu strafen verstand. Darin beanspruchte Jeanne die Meisterschaft.

Wann immer sie ihrer Haushälterin einen Urlaub gewährte, konnte sie nicht anders als unmittelbar vor Rückkehr der Perle staubzusaugen und obendrein die Fliesen zu scheuern. Und wenn sie mal auf Alexandres Vorschläge einging, zum Beispiel den Sommer entspannt in Burma zu verbringen anstatt ihre Mutter in Europa zu besuchen, dann war das für sie ein willkommener Anlaß, ihn anschließend mit versteckten Vorwürfen zu überhäufen, was der Stimmung in Burma selbstredend abträglich war. Mit einem Geschick ohnegleichen verstand sie es, sich schlecht zu fühlen, sobald es ihr zufällig einmal gut ging. Sie hängte sich an Belanglosigkeiten auf, verstand sich darauf, im ungeeignetsten

Augenblick die Meinung zu ändern, das Für und Wider abzuwägen und auf diese Weise eine eindeutige Situation zu komplizieren und einer möglichen Entspannung vorzubauen, was schließlich für Jeanne ein Vorwand war, nur noch schwarzzusehen. Jedesmal, wenn sie eine Entscheidung verwarf, bedauerte sie dies hinterher prompt und malte sich aus, was ihr dadurch alles entgangen war. Wenn sie in Noumea mit dem Wagen unterwegs war und ein ausgekochter Autofahrer ihr den ausgespähten Parkplatz wegschnappte, hielt Jeanne es für nötig, dem Übeltäter eine geschlagene Viertelstunde lang eine saftige Standpauke zu halten. Natürlich brachte sie diese Unverschämtheit zu Hause nochmals lang und breit zur Sprache, gab es ihr doch Gelegenheit, ihren Zorn am Brodeln zu halten, auszuschlachten und nicht einen einzigen vernichtenden Kommentar über die Menschheit im allgemeinen auszusparen. Wie unschwer zu erraten, verstand sie es ebenfalls meisterhaft, die Gegenwart mit den Frustrationen der Vergangenheit zu würzen, was ihr Gelegenheit gab, die Tatsache ihrer Existenz zu thematisieren und anschließend zu beklagen.

Das Außergewöhnlichste jedoch war die Zähigkeit, mit der sie ihre Minderwertigkeitskomplexe schürte. Auf diesem Gebiet brauchte Jeanne niemanden zu fürchten. Wenn sie jemandem einen Gefallen tat, entschuldigte sie sich umgehend, ohne daß der andere so recht begriff, warum. Wenn sie einem etwas zum Geburtstag schenkte, war dies meist etwas Ausgefallenes. Sie tat dies, um nicht die Gelegenheit zu versäumen, nachher daran herumzumäkeln und dem, der es ausgesucht hatte – sie natürlich –, mangelnden Geschmack vorzuwerfen. Lud man sie zum Mittagessen ein, gab Jeanne erst einmal zu bedenken, dies würde dem Gastgeber doch nur unnötig Umstände machen; wenn der dann darauf beharrte, erschien sie mit *zwei, drei Kleinigkeiten*, also beladen mit erlesenen Lebensmitteln für eine ganze Kompanie, Zutaten, die gewissenhaft zu verarbeiten sie sich sofort anschickte. Was sie nicht daran hinderte, das selbstverständlich hervorragende Ergebnis scharf zu kritisieren und sich erstaunt darüber zu zeigen, wenn man freudig zugriff. Ihrer Meinung nach hätte es besser gelingen können ... Und schließlich wären da noch die zahlreichen kostspieligen Aufmerksamkeiten zu erwähnen, die sie zwangsläufig mitbringen mußte, weil es wichtig für sie war, für alles und jedes zu zahlen, wichtig, weil es ihr so gelang, ihren unheilbaren Schuldkomplex zu beschwichtigen, daß sie es wagte zu atmen und anderen eine Portion Sauerstoff wegzuschnappen.

Doch weil man ihre Intelligenz schätzte und ihre Fähigkeit, bemerkenswerte Einsichten präzise in Worte zu fassen, merkte man ihr dies alles nicht allzu sehr an; sie verstand es, andere für sich einzunehmen, ihre Überzeugungen waren unwiderstehlich, und ihre absonderlichen Marotten – aber wer hat die nicht? – wurden überlagert von tausendfacher Anmut, von guter Laune und zündendem Witz. Sie wirkte eigentlich genauso normal wie die meisten anderen Neurotiker, die schwarz auf weiß und in alphabetischer Reihenfolge im Telefonbuch verzeichnet sind. Wer vorgewarnt war, erwartete, einer des Lebens überdrüssigen Frau zu begegnen, um dann ihren Charme zu entdecken, die Fähigkeit, das Schöne im Sumpf der Wirklichkeit zu erkennen, das Talent zu strahlen.

Und trotzdem: Jeanne zahlte in jeder Hinsicht. Und die Rechnung, die sie zu begleichen hatte, stieg ins Unermeßliche, sobald sie sich auf ihre Mutter einließ. Dieses Monster in Gestalt einer Dame von Welt, bar jeder Menschlichkeit, die zu lächeln verstand, ohne die Zähne zu entblößen, und die über Eigenschaften verfügte, den zarten Charakter eines Kindes zu brechen, verlieh dem Begriff Habgier erst den letzten Schliff. Wenn man Rose – zu allem Übel hörte die verkappte Viper auch noch auf diesen blumigen Vornamen – wenn man also Rose die Hand gab, war man sich nie so ganz sicher, daß sie sie einem wieder zurückgab. Egoismus war ihr Reflex, Boshaftigkeit ihr Laster und Schrullen ihre Entschuldigung. Jede Schwäche ihrer Tochter war für sie Anlaß genug, sarkastisch zu werden; ständig verwechselte sie die unterschiedliche Bedeutung von sprechen und sticheln, beurteilen und hinrichten. Anstatt Rose völlig zu Recht ein für allemal in die Schranken zu weisen, war Jeanne ans andere Ende der Welt geflohen, um hinter zehn Stunden Zeitunterschied und einer Entfernung von zwanzigtausend Kilometern in Deckung zu gehen, nach Noumea, wo der finanziell gutgestellte Alexandre lebte und ihre Liebe Schiffbruch erlitten hatte.

Trotz der beruhigenden Entfernung und dadurch, daß sie sich auf der anderen Seite des Erdballs befand, blieb Jeanne das Opfer von Roses' beharrlicher Einflußnahme und ihres immer wieder aufgekochten Griesgrams. Kein Tag verging, an dem sie sich nicht verpflichtet gefühlt hätte, die Mutter anzurufen, den Kontakt zu diesem Ausbund von Galligkeit aufrechtzuerhalten – ein Zwang, den sie verfluchte, weil Rose sich ebensogut darauf verstand, Jeanne dort, wo sie verunsichert war, zu verletzen, wie mit der Zärtlichkeit, um die ihre Tochter buhlte, sparsam umzugehen und darüber hinaus, aus reiner Bosheit, das Gespräch in die Länge zog, um die Telefonkosten in die Höhe zu treiben. Jedesmal war Jeanne danach völlig fertig, bestürzt, die Dumme gewesen zu sein, die diese tägliche Tortur auch noch bezahlte. Sie nahm sich fest vor, eines Tages diesem Anschlag auf ihr Gemüt wie auf ihr Portemonnaie einen Riegel vorzuschieben, aber Rose hatte sie so fest im Griff, daß Jeanne, je länger sie dies ertrug, immer weniger daran glaubte, der Mutter entkommen zu können. Wenn sie einmal vergaß, sie anzurufen, was selten genug passierte, meldete sich Rose sofort.

»Hallo? Warst du das, die eben bei mir angerufen hat?« tönte es dann scheinheilig aus dem Hörer, worauf ein herrisches »Ruf mich zurück, sonst rede ich kein Wort mehr mit dir!« folgte.

Damit legte sie auf, und Jeanne rief umgehend zurück, denn Rose, diese Taktikerin, hatte ihr sehr wohl zu verstehen gegeben, daß ihre spärliche Rente es ihr nicht erlaubte, von der Normandie aus mit den Antipoden zu telefonieren. Jeanne wußte das ebenso gut wie ihre Brüder und Schwestern, die seit dem Tod des Vaters zehn Prozent ihres monatlichen Einkommens für Rose abzweigten. Auf solche Weise ließ sich diese beispiellose Mutter von ihren Kindern die tiefgehende Verbitterung entgelten, die sie an der Seite ihres Mannes erfahren hatte; diese Regelung war unwiderruflich und duldete keinen noch so verklausulierten Einwand. Von Anfang an unterwarf sich Jeanne diesem Diktat pünktlich, suchte dabei ständig nach Entschuldigungen für das lange Leben ihrer Maman und schalt sich gleichzeitig immer wieder, es nicht über sich zu bringen, ihr die Stirn zu bieten. Diese unglaubliche Fügsamkeit entsprach vermutlich ihrem Status in der Familie: Sie war die Älteste und der Grund, weshalb die Eltern seinerzeit heiraten mußten. Ihr Vater hatte *bezahlt*, nachdem er mit seiner Triebhaftigkeit leichtsinnigerweise die Mutter geschwängert hatte.

Jetzt, in den Tagen nach der Begegnung mit Octave, dachte Jeanne häufig an Sally, jene Frau, die sich den vermeidbaren Weg des Kreuzes dadurch versüßt hatte, daß sie lediglich ein winziges Prozent ihres sonstigen Verhaltens änderte. Octaves Worte besaßen diese erstaunliche Kraft, sie zu ungewohnten Überlegungen anzuregen, Türen aufzustoßen, die sie suchte, ohne es zu wissen. Der Gedanke an eine ganz behutsame Kursänderung, ohne sich dem Schwindel eines zu markanten Bruchs auszusetzen, sagte ihr zu.

Weil sie daran festhielt, sich das Leben schwerzumachen, tat sie weiterhin das gleiche, hatte er sinngemäß gesagt, *nur anders. Und zwar dadurch, daß sie erst einmal nur eine Kleinigkeit änderte ...*

Dieser Satz grub sich ihr ein, wirkte wie Hefe auf ihre Überlegungen. Octave hatte mit gedämpfter Stimme gesprochen, so als sei es seine Absicht gewesen, daß diese Bombe erst später in ihrem Gedächtnis detonierte und dafür sorgte, sie die volle Bewunderung spüren zu lassen, die er für Frauen hegte, die den Mut zu einem derartigen Schritt fanden. Sie fragte sich nicht, was ihn dazu bewogen hatte, diese Überlegungen auf die gespannte Beziehung zu übertragen, die sie zu ihrem Drachen von Mutter unterhielt.

Im Bewußtsein, Herr ihrer Sinne zu sein – was sie ja

auch war, denn Octaves Worte zeigten nur Wirkung, weil sie ein Echo auf Jeannes eigene Suche waren –, gestand sie sich schließlich ein, daß sie es nicht über sich bringen würde, von einem Moment auf den anderen diese täglichen Telefonate mit Rose einzustellen, daß sie aber zumindest versuchen könnte, der Mutter nach und nach die Rolle der Zahlenden zuzuweisen. Anstatt sie darum zu bitten, meinte sie, mit einer Ausrede zum gleichen Ergebnis zu kommen. Sie könnte Rose beispielsweise vorschwindeln, daß die Telefongesellschaft ihr den Zugang zum internationalen Netz gesperrt habe, bis eine überhöhte Rechnung geprüft sei. Dieser Versuch entsprach einem möglichen Prozentpunkt, kam einem zaghaften Aufbäumen gegen den Druck gleich, den sie sich selbst auferlegte, hielt sich durchaus im Rahmen und deckte sich mit dem Wunsch, nicht gänzlich mit ihrem mütterlichen Scharfrichter zu brechen. Auf diese Weise würde es ihr gelingen, sich in einundsiebzig statt in siebzig Prozent aller Situationen nicht mehr gegen sich selbst zu stellen!

Eigentlich dachte Jeanne nicht mehr darüber nach, worum Octave sie gebeten hatte. Dadurch, daß er sich hütete, sie anzusehen, hatte ihr dieser Mann das zärtlichste Kompliment gemacht, mit dem sie jemals bedacht worden war. Woher aber wollte er wissen, daß ihre siebte Begegnung die Gefahr eines entscheidenden Aufeinandertreffens barg? Wie konnte sie ihm klarmachen, daß sie für ihn niemals die Ursache für nicht wieder gutzumachende Komplikationen sein würde? Welcher Frau gelang es schon, aus eigener Kraft von Verhaltensweisen abzurücken, mit denen sie sich völlig unverständlicherweise das Leben schwermachte und

Anflüge von guten Vorsätzen im Keim erstickte? Wenn sie ihm nicht darauf antworten konnte, wie sollte sie es dann anstellen, daß sie sich wiedersahen und er endlich aufhörte, so ekelhaft zu sein, nur damit sich zwischen ihnen genügend Abneigung entwickelte, seinem Seelenfrieden zuliebe?

Über diese Fragen vergaß Jeanne, sich auf das grundlegende Problem zu konzentrieren: War er Octave oder der Feigling, der die Flucht ergriffen hatte? Wenn er Alexandre war, konnte er es nicht geschickter anstellen, Jeanne von dieser Frage abzubringen, indem er ihre Aufmerksamkeit auf etwas anderes lenkte und dadurch in ihr den Wunsch weckte, er möge nicht dieser Ehemann sein, für den sie nur noch Verachtung empfand, diese erklärte Zielscheibe ihres gesamten Unmuts. Wenn er Octave war, dann verstand er es ebenso virtuos, sie in ein Frage- und Antwortspiel hineinzuziehen, das von der Annahme ausging, sie sei bezwungen, gefesselt sozusagen; denn es war klar, daß Octaves Fragen keiner Antwort bedurften, sondern so angelegt waren, erst nach und nach einen Zusammenhang zu ergeben, wobei Jeanne sich gegen ihren Willen in der Rolle der krankhaft Verliebten wiederfinden sollte. Ob sie sich dessen bewußt war oder nicht, war im Grunde zweitrangig, denn was kann beglückender für eine Frau sein als ein Mann, der sich darauf versteht, ihre erloschene Sinnlichkeit nach und nach erneut zu entfachen und gleichzeitig, noch gekonnter, seine eigene zu bezähmen.

Das eigentliche Wunder aber war, daß Rivière in ihr die Lust geweckt hatte, sich nicht weiter das Leben zu versauern, und in ihr den Wunsch übermächtig werden ließ, sich im Gegensatz zu denen, die an ihren Gepflogenheiten festhalten, aufzuraffen, einen neuen Weg einzuschlagen, was sie noch am selben Tag tat.

Auf ihre Mitteilung hin, sie könne in Zukunft nicht mehr anrufen, da die internationale Verbindung drastisch eingeschränkt worden sei, beschränkte sich Rose auf die säuerlich-bissige Bemerkung:

»Alle vernachlässigt ihr mich. Nur deine Schwester versteht mich noch ... Leb wohl, meine Liebe.«

Jeanne spürte prompt einen leichten Stich im Herzen, fand aber doch den Mut abzuwarten, daß die Mutter sich von sich aus meldete. Und tatsächlich, vom darauffolgenden Tag an war es Rose, die anrief. Wie um sich für die ihr entstehenden Telefonkosten zu entschädigen, quälte sie die Tochter mit perfiden, indirekten Vorwürfen, brachte völlig neue Anschuldigungen vor. Jeanne hielt durch. Es wurde bald zur Gewohnheit, daß Rose zähneknirschend die Rechnung für diese Gespräche übernahm, so lange, bis ihre Knickrigkeit obsiegte, die Telefonate in längeren Abständen erfolgten und kürzer währten. Der Druck des Schraubstocks lockerte sich, und Jeanne merkte, daß sie dazu fähig war, nicht länger zu bezahlen, in diesem besonderen Fall wie im Allgemeinen.

Als sie am folgenden Sonntag von befreundeten Pflanzern zum Mittagessen eingeladen wurde, erschien sie zum erstenmal mit nichts weiter als einem hübschen, aber schlichten Blumenstrauß, für ihre Begriffe sozusagen mit leeren Händen. Sie überreichte das Bouquet, ohne an dessen Zusammenstellung Kritik zu üben, hielt es nicht für nötig, sich wegen ihrer Wahl Vorwürfe zu machen, bedauerte auch nicht, daß sie diese Einladung angenommen hatte, anstatt ihren Sonntag anderweitig zu verbringen. Es wurde ein schöner Tag.

Beim Nachhausekommen allerdings zeigte sie sich beunruhigt darüber, derart schnell ihr Verhalten geändert zu haben. Um sich zu beschwichtigen, rief sie Rose an, atmete erleichtert auf, deren schroffe Vorwürfe zu hören. Gegen sechs Uhr dann gewahrte sie Major Webb, den ehemaligen Kavalleristen, der, noch immer wichtigtuerisch, auf seinen krummen Stelzen, die ihm als Beine dienten, auf ihr Haus zukam.

»Madame Rivière?« fragte der ungemein britisch wirkende Policeman.

»Ja«, sagte sie und öffnete die Tür.

»Es handelt sich um Ihren Gatten und diesen bloody Monsieur Rivière, den anderen ...«

Webb informierte sie in aller Förmlichkeit, die nötig ist, um gegen die klimatisch bedingte Verweichlichung anzukämpfen, daß er anhand seiner sorgfältigen wiewohl diskreten Nachforschungen in der Tat auf die Spur eines gewissen Monsieur Octave Rivière, seit sieben Jahren wohnhaft in Auckland, Französischlehrer in neuseeländischen Privatschulen, gestoßen sei, daß er dessen Identität aber trotz der in seinem Besitz befindlichen Dokumente erst eindeutig bestätigen könne, wenn sie ihm dies und mehr aus ihrem Gefühl heraus versichere.

»Ihr Eindruck als Frau ... wie ist er?«

Jeanne dachte eine Weile nach, ehe sie wahrheitsgetreu antwortete und sich damit zu ihren Gefühlen bekannte:

»Charmant ... ich finde ihn charmant.«

»By Jove! Und Ihr Mann?« Webb war perplex.

»Den hasse ich, ja, ohne Wenn und Aber.«

»Thank you very much, Madame Rivière.«

Major Webb ließ sein steifes Gerippe eine Kehrtwende beschreiben und merkte auf dem Weg zur Tür noch mit diesem Stottern an, das dem waschechten Engländer eigen ist:

»Ah! Daß ich's nicht vergesse! Der Bbbruder Ihres Mannes uuunterrichtet ab mmmorgen Ihren Sohn. Ammmüsant, nicht wahr? Ssspringt drei Mmmonate als Aushilfe ein, ssso lange, bis die nnneue Lehrkraft kommt. Die Schschwangerschaft von Madame Pppetit verläuft schschschwieriger als gedacht ... Er ist zwar kein Ppprotestant, aber in dieser Beziehung sind die Pppresbyterianer großzügig. Good evening, Ma'am!«

Jeanne grinste übers ganze Gesicht; langsam wurde ihr klar, warum Octave ihr unvermittelt von seinem alten Lehrer erzählt hatte, als sie auf die Schwierigkeiten von Max zu sprechen gekommen war. Octave bezwang den Zufall, als ob er es geradezu darauf angelegt hätte, ihn herauszufordern, ihn zu zermürben; alles bei ihm geschah zum richtigen Zeitpunkt, heimlich, still und leise, fügte sich, wie sie nach und nach entdeckte, zu einer vorausberechneten Ordnung. Und dann stellte sie fest, daß sich dadurch für sie die Gelegenheit bot, ihn häufiger zu sehen, selbst wenn er, wie sie zumindest annahm, weiterhin alles daransetzte, ihr aus dem Weg zu gehen. Diese Aussicht beflügelte sie mehr als erwartet. Jeanne durchschaute nicht, daß diese Strategie darauf abzielte, ihr im Umkehrschluß entgegenzukommen. Sie sagte sich nur, daß es dumm von ihr gewesen war, ihn nicht eher aufgesucht zu haben, wo er ihre Zurückhaltung doch als das Eingeständnis ihrer aufgewühlten Gefühle interpretiert haben könnte, die zu überkommen sie nicht imstande war.

Liebkost vom Licht der Abendsonne und erschöpft vom Tagesgeschehen, löste diese Vorstellung in Jeanne eine Woge der Lust aus und beschämte sie zugleich, weil sie offensichtlich so völlig von ihren zwiespältigen Empfindungen beherrscht wurde. Das feuchte Land um sie herum verschwand in der bereits von blauen Schatten angenagten Dämmerung, unter einem Himmel, an dem sich purpurne Wolken zusammenballten, bereit, sich in der Nacht aufzulösen. Wie nur sollte Jeanne es anstellen, diesen Octave zu meiden, der, weil sie sich so entschieden hatte, äußerlich genau ihren Idealvorstellungen von einem Mann entsprach? Jeanne war eine Frau, die es im Gegensatz zu anderen, weniger talentierten, verstand, die Männer zu lieben; auch das gehörte zu den verborgenen Dingen, von denen sie noch nicht wußte, daß sie um sie wußte.

Gleich beim Betreten der Klasse in der Presbyterianer-Schule fiel Octaves Blick auf Max; fortan übersah er den Jungen geflissentlich. Ein ohrenbetäubender Lärm, erfüllt von Grölen und Kreischen und dem Scheppern der Pulte, beherrschte den Raum, entlud sich wie ein entfesselter Zyklon. Wurfgeschosse schwirrten durch die Luft, doch das hinderte Octave nicht daran, bedächtig seine Aktentasche zu öffnen und in aller Ruhe die schwarze Tafel abzuwischen, ehe er unvermittelt etwas am Fenster anpeilte, mit der Faust kräftig daraufschlug und dabei eine Scheibe zertrümmerte.

Die Kinder verstummten. Mit einem leisen Lächeln um die Mundwinkel meinte Octave fröhlich:

»Ich hab sie erwischt!«

»Wen?« wollte der kleine Ernest wissen.

»Die Fliege, ich hab sie erwischt, auf Anhieb.«

Sämtliche Augenpaare richteten sich auf diesen Lehrer, der, um eine Fliege zu töten, eine Fensterscheibe zu Bruch gehen ließ. Vierundzwanzig kleine Schülerköpfe vergaßen prompt ihr Vorhaben, diesen neuen Pauker auf die Probe zu stellen, waren derart verblüfft über sein absonderliches Verhalten, daß sie nicht einmal wagten, herumzualbern, sondern erschrocken schwiegen.

»Damit ihr Bescheid wißt«, hob Octave an, »mein letzter Job, in Auckland, das war die Hölle. Meine

Schüler haben meinen Hund ermordet, ja, buchstäblich ermordet. Sie haben ihn verbrannt ... bei lebendigem Leibe!«

Die Mitteilung nagelte die jungen Presbyterianer an ihren Bänken fest und setzte diese Klasse, die als nicht zu bändigen und ungehobelt galt, außer Gefecht. Daß ihre gleichaltrigen neuseeländischen Kumpane ein derart abscheuliches Verbrechen begangen hatten, zog sie sofort auf die Seite ihres Lehrers, das Opfer dieses infamen Anschlags, der sie, hundelieb, wie sie waren, erschütterte. Derweil ließ Octave seinen Blick über diese Achtjährigen schweifen, musterte einen nach dem anderen, nur den jungen Rivière hütete er sich anzusehen; Max nahm das zwar undeutlich zur Kenntnis, aber in seinem Überschwang, das Abbild seines Vaters vor sich zu haben, wurde es ihm nicht gleich bewußt.

»Ja«, fuhr Rivière fort, »diese kleinen Ungeheuer töteten Hunde. Ausgemachte Sadisten waren das. Sie haben ... einem Mitschüler ... nein, ich wage gar nicht, euch zu erzählen, was sie ihm angetan haben. Später vielleicht mal ...«

Das Rätsel blieb zu knacken und gab Anlaß zu allen möglichen Spekulationen, die gräßlichsten eingeschlossen. Nach einigen herzerweichenden Ausführungen, infolge derer sich die Entrüstung des neuen Lehrers voll auf die Schüler übertragen hatte – was ihn nicht länger zu ihrem Feind machte –, ging Octave daran, von krummen Touren seiner früheren Schüler zu berichten, von typischen Lausbubenstreichen, die, von Tierquälern begangen, als nicht minder barbarisch eingeschätzt wurden.

»Auch mit der faulen Ausrede von dem ausgelaufenen Füller sind sie mir gekommen.«

»Was für eine Ausrede?«

»Sie lieferten Aufgabenblätter ab, die nicht sauber waren, sondern voller Tintenkleckse ... Und das auch noch mit Verspätung! Von fünf, manchmal auch von zwei Minuten.«

Die Schüler verurteilten einhellig das unmögliche Verhalten dieser Übeltäter, und man war überzeugt, daß eine derartige Schlamperei sich zwangsläufig von ihrer Grausamkeit ableitete; und alle zogen für sich daraus die Lehre, daß sie in Zukunft pünktlich zu sein hatten und um einiges sorgfältiger. Natürlich brachten sie es kein einziges Mal fertig, diesen Vorsatz in die Tat umzusetzen, aber der Gedanke erschien ihnen nicht länger abwegig, nachdem er ihnen in dieser Form nahegelegt worden war. Denn dadurch, daß Octave ihn versteckt äußerte, nahm er ihnen die Möglichkeit, sich ihm zu widersetzen. Und weil er sie mit seinem Ansinnen vertraut machte, solange sie noch durch sein Verhalten irritiert waren – immerhin hatte er eine Fensterscheibe zerbrochen, um eine Fliege in die Ewigen Jagdgründe zu befördern! –, konnte Octave seine Forderungen in einem Augenblick vorbringen, da sie alle entwaffnet waren, unfähig, so zu reagieren, wie sie das unter normalen Umständen getan hätten. Zum Ende seines pädagogischen Nachhilfeunterrichts sagte Octave schließlich:

»Da ich die Meinung vertrete, daß meine Schüler nicht unbedingt vollkommen sein müssen, jedenfalls nicht zu früh ... solltet ihr jetzt wieder Radau machen und eure einschlägige Technik verbessern. Ja, ihr habt ganz richtig verstanden.«

Erneut war die Klasse völlig entgeistert.

»Fragt sich nur«, fuhr Octave fort und erhob sich,

»ob ihr dann damit aufhören werdet, sobald ich wieder auf diesem Stuhl Platz nehme oder kurz nachdem ich dieses Heft aufschlage. Das liegt ganz bei euch. Ihr könnt entweder sofort losbrüllen oder aber warten, bis ich das Klassenzimmer verlassen habe. Ganz wie ihr wollt. Ich vertraue euch ... jetzt. Einige von euch wollen vielleicht ... sofort mit dem Krach anfangen, andere erst, wenn und solange ich draußen bin, nämlich für eine Minute und siebzehn Sekunden. Ihr habt dann Gelegenheit, nach Lust und Laune herumzuschreien, ihr könnt auch die Hände zu einem Trichter formen, dadurch trägt die Stimme viel weiter, ihr könnt auf euren Pulten herumtrommeln, aber diesmal bitte mit mehr Einsatz, kräftiger. Und dann komme ich wieder rein und setze mich auf diesen Stuhl da, ja, auf diesen hier. Und nicht vergessen: In siebenundsiebzig Sekunden bin ich zurück.«

Damit verließ Octave das Klassenzimmer, verfolgt von den verdutzten Blicken der Schüler – warum diese genaue Zeitangabe? –, die, kaum daß er draußen auf dem Gang war, sich nicht länger zu zügeln vermochten und abermals ein wildes Getöse veranstalteten, wobei sie sich genau an die Anweisungen des Lehrers hielten, um so lautstark wie möglich die Stille zu durchbrechen; jedem von ihnen war klar, daß »der Neue« sich in Sachen Krawall auskannte, denn das, was jetzt über die Bühne ging, war schon eher Randale nach allen Regeln der Kunst. Eine Minute und siebenunddreißig Sekunden später trat Octave wieder ein. Anstatt schnurstracks sein Pult anzusteuern, ging er zur allgemeinen Verwunderung im Rückwärtsgang darauf zu, während er den Schülern bedeutete, noch lauter zu schreien und noch heftiger an ihren Pulten zu rütteln; dann nahm er unvermittelt auf seinem Stuhl Platz. Die Hälfte der Klasse stellte das Lärmen ein. Als er dann sein Heft aufschlug ... gab es nur noch einen Schüler, der auf seinem Pult herumtrommelte, eigensinnig, in gleichbleibendem Takt: Max, der Sohn von Rivière, den er keines Blickes gewürdigt hatte.

»Messieurs, Mesdemoiselles, holt eure Hefte raus. Wir schreiben einen Aufsatz!« herrschte Octave die Klasse an, in einem Ton, der keinen Widerspruch duldete.

Und während Max weiterhin auf sein Pult trommelte, schrieb Octave an die Tafel: *Thema – Hat ein Schüler das Recht, alle anderen zu nerven?*

Die Schüler entzifferten die Überschrift. Spöttische Überlegungen geisterten durch ihre Köpfe, und alle schielten hinüber zu dem auch weiter renitenten Max. Octave verkniff sich eine Bemerkung. Zwei Minuten später gab Max nicht ohne eine gewisse Verlegenheit von sich aus Ruhe und schlug wie alle anderen sein Heft auf.

Als es zur großen Pause läutete, bat Octave ihn, zurückzubleiben.

»Max, für eine Glanzleistung halte ich das nicht gerade ...«

»... den Lärm?«

»Nein ... um deine Mutter zu ärgern, strengst du dich nicht besonders an. Ich würde dir etwas anderes vorschlagen, fragt sich nur, ob du das fertigbringst.«

Das Kind zog verwundert die Stirn in Falten; es hatte zwar erwartet, daß dieser Mann, der vielleicht sein Vater war, ihn abkanzeln würde, aber doch nicht so!

»Deine Leistungen sind durch die Bank miserabel«, fuhr Octave fort, »was nicht die beste Methode ist, deine Mutter zu verärgern oder in den Wahnsinn zu treiben. Es überrascht mich, daß ein intelligenter Junge wie du das noch nicht begriffen hat ...«

»Was würden Sie denn machen?«

»Werde ein As in einem Fach, in einem einzigen. Natürlich nicht sofort. Und aufgepaßt! Ich verbiete dir von Anfang an, auch gut in den anderen Fächern zu werden! Wenn du in einem Fach glänzt, merkt sie, daß du auch in allen anderen Fächern gute Noten haben könntest, wenn du nur wolltest. Ein dummer Schüler würde nämlich überall versagen! Du dagegen könntest ihr beweisen, daß alles nur von dir abhängt. Sie wird denken, daß du sie verhöhnen willst. Und wenn du jemals aus Versehen in einem weiteren Fach mit hervorragenden Leistungen aufwarten solltest, verspreche ich, dir auch weiterhin eine schlechte Note zu verpassen, nur damit sie so richtig ausrastet! Es sei denn, du nimmst dir vor, dich nach und nach auch in den anderen Fächern zu verbessern, und zwar nach deinem Rhythmus, nicht nach ihrem. Dann wird sie klein beigeben, schon weil sie merkt, daß sie keinen Druck auf dich ausüben kann, daß du es bist, von dem alles abhängt. Du kannst es dir aussuchen.«

»Aber ... wo könnte ich mich denn verbessern?«

»Hör zu ... ich verstehe ja, daß du verunsichert bist, weil ... aber wenn man sich deine Hefte genauer ansieht, fällt auf, daß du in vielen Bereichen begabt bist, auch wenn dir das nicht bewußt ist ... Gar keine Frage! Mit der Entscheidung, auf welches Fach du dich konzentrieren willst, kannst du dir Zeit lassen. Hauptsache, deine Mutter ist stocksauer! Bleibt also abzuwarten, ob du deine Entscheidung heute auf dem Nachhauseweg triffst oder kurz vor dem Einschlafen, um dann voller Freude über deinen Entschluß aufzuwachen, oder vielleicht auch erst am Wochenende! Denk mal drüber nach. Das einzige, worum ich dich allerdings bitte, ist, vorläufig in den anderen Fächern schlecht zu bleiben. Einverstanden? Und jetzt ab mit dir!«

Noch immer wußte der kleine Max nicht, ob er seinem Onkel oder seinem Papa lauschte. Aber er hatte einen väterlichen Freund gefunden, und deshalb strahlte er jetzt über das ganze Gesicht. Alexandre hatte niemals in dieser Weise mit ihm geredet, sein Anliegen so geschickt zu dem des Kindes gemacht. Grinsend schob Max ab zu seinen Kameraden, die sich unter einem Flamboyant drängten, wo sie sich über ihren ausgeflippten neuen Lehrer austauschten. Anerkennend mußten die verdutzten jungen Hunde feststellen, gebändigt worden zu sein, und natürlich wollten alle wissen, was Max zu hören bekommen hatte. Der jedoch verweigerte die Auskunft, stolz ob der ihm zuteil gewordenen Vertraulichkeit, was ihm ab sofort eine ehrfurchtgebietende Sonderstellung bei den Kameraden eintrug.

Am Abend war Jeanne unter der Schar der Mütter, die den Ausgang belagerten, um sich herum der Motorenlärm von Jeeps und landwirtschaftlichen Fahrzeugen, eine röhrende, vom nahen Dschungel noch nicht vereinnahmte Zivilisationserscheinung. Man konnte Trauben von Einheimischen sehen, die in der Hitze schier zerflossen, hellhäutige Ehefrauen, deren Kleider durch die schwülwarme Tropenluft, die den verweichlichten Städtern kaum Luft zum Atmen ließ, mit Schweißflecken getränkt waren. Still und unauffällig hielt sich Jeanne etwas abseits von der ausgelassenen Ansammlung uneuropäischer Krausköpfe, die in der abendlichen Hitze hin und her wogte, so daß Max, als er sich vorbeischlängelte, sie nicht entdeckte, sondern mit zwei Freunden zum Strand zog, um entlang der von Mangroven gesäumten Küste nach Hause zu laufen.

»Guten Tag, Octave ...«, sagte sie schließlich.

»Ah ... guten Abend«, berichtigte er. »Ich habe zwar nicht erwartet, Sie zu treffen, nehme aber gern die Gelegenheit wahr, Ihnen zu sagen, daß Max Ihnen noch für längere Zeit Kummer bereiten dürfte ... Er scheint darauf erpicht zu sein, so weiterzumachen wie bisher, also lassen wir ihm seinen Willen, zu seinem eigenen Besten. Einverstanden?«

Damit wandte er den Blick von ihr ab und gab ihr dadurch zu verstehen, daß er sie attraktiv fand, und dieses verschwiegene Kompliment, das ebenso hinterhältig wie köstlich war, zeigte bei Jeanne die erhoffte Wirkung und ließ ihre früheren Bedenken schwinden.

»Was haben Sie ihm gesagt?« fragte sie.

»Er soll so weitermachen! Und nur eine Kleinigkeit ändern ...«

»Sie mit ihrem ewigen einen Prozent ...«

»Wenn Max Sie nervt, dann sagen Sie es ihm! Bei jeder Gelegenheit! Einen größeren Gefallen können Sie ihm gar nicht erweisen ... jedenfalls nicht im Augenblick. Übrigens ... ich möchte Ihnen gern eine etwas indiskrete Frage stellen, wenn Sie gestatten.«

»Bitte.«

»Eine Frage, die Ihnen bestimmt peinlich ist. Noch

können Sie nein sagen ... Ich möchte keinesfalls unhöflich sein.«

»Nur zu.«

Nach einer langen Pause sagte Octave leise:

»Weshalb, glauben Sie, habe ich mich links von Ihnen hingestellt?«

Jeanne erschrak so sehr, daß sie rot anlief; ein heftiges Schwindelgefühl überkam sie und brachte sie für einen Moment ins Schwanken – derart unerwartet war diese Frage, die auf eines der seit ihrer Kindheit am sorgfältigsten gehüteten Geheimnisse abzielte. Nicht einmal Alexandre hatte in den sieben gemeinsamen Jahren gemerkt, daß sie auf dem rechten Ohr schwerhörig war, ein kleines Handicap, dessen Jeanne sich schämte, so als mache es sie weniger anziehend. Mit Koketterie allein hatte das nicht zu tun, sondern weit mehr mit ihrer tief verwurzelten panischen Angst, diese Behinderung, wenn sie denn bekannt würde, könnte ihre Attraktivität beeinträchtigen. Und je mehr sie sich in diese Annahme hineingesteigert hatte, desto unmöglicher war es ihr geworden, schlicht und einfach zu erklären, ihr Gehör sei nicht ganz intakt.

Statt dessen hatte sie sich darauf eingestellt, ihr Verhalten in der Öffentlichkeit entsprechend eingerichtet und alles getan, um dieses Problem zu vertuschen. Bei Tisch achtete sie darauf, ihrem Gesprächspartner das gesunde Ohr zuzuwenden, im Ehebett schlief sie auf der linken Seite; weil laute Musik für ihr gesundes Trommelfell unerträglich war, behauptete sie, für Konzerte nichts übrig zu haben. Ohne daß es jemand ahnte, hatte sie sogar gelernt, von kaum bewegten Lippen zu lesen, um sich nur ja keine Blöße zu geben und ertappt zu werden. Was jedoch am schwierigsten war und was sie fürchtete wie nichts sonst, waren die Abendessen, wenn jeder zur selben Zeit spricht. Dann wurde es verteufelt schwer für Jeanne, einer Unterhaltung zu folgen, derart anstrengend, daß sie seit Alexandres feiger Flucht – seine Anwesenheit hatte ihr früher Sicherheit gegeben – alle abendlichen Einladungen ausschlug, nur um nicht demaskiert zu werden; und durch diese absurde Befürchtung – denn im Grunde war das Risiko gleich Null – hatte sie sich nach und nach vom gesellschaftlichen Leben auf den Hebriden ausgeschlossen. In Port-Vila wußte man, daß Jeanne Rivière sich abends in undurchdringliche Einsamkeit zurückzog. Einzig Einladungen zum Mittagessen, zu dem sich gewöhnlich eine weniger zahlreichere Gesellschaft zusammenfand, nahm sie an, weil sie tagsüber die Lippenbewegungen ihrer Gesprächspartner besser verfolgen konnte. Ganz gegen ihren Willen blockierte sie sich mit diesem Komplex selbst, denn nur allzu gern hätte sich Jeanne ins hellerleuchtete Nachtleben der winzigen Hauptstadt gestürzt, und es kostete sie einiges, ihre Lust an Tanzvergnügungen im Keim zu ersticken – was einer Selbstbestrafung gleichkam. Als Gefangene ihrer selbst verhielt sie sich nicht anders als diejenigen, die Angst vorm Fliegen haben und sich dadurch der großen weiten Welt verschließen. Natürlich betonte sie immer wieder, daß es für sie das Höchste sei, abends für sich zu bleiben, und sie wurde nicht müde zu erklären, daß sie mit Ungeduld diesen Stunden entgegensehe, um ungestört lesen zu können. Daß Jeanne in Wahrheit eine ausgesprochene Abneigung für Romane hegte, hielt sie nicht davon ab, von ihrer unsinnigen Angst abzurücken und diese unterschwellige Verkrampfung aufrechtzuerhalten, die ihr Leben einengte.

Ihren schwer nachvollziehbaren inneren Zwiespalt auszubreiten, muß bei dem, der sie nicht kennt, den Eindruck hinterlassen, daß Jeanne, um es milde auszudrücken, sonderbar gewesen sei; sie war es jedoch nicht mehr als all jene, die, ob in New York oder Hamburg, tagtäglich von ihren Ängsten gebeutelt werden. So sind sie nun mal, die Menschen, versiert darin, die unsichtbaren Schranken, die sie in sich aufgerichtet haben, zu überspielen, die imaginären Abgründe, die ihnen ihr kranker Geist vorgaukelt, zu verschleiern, felsenfest davon überzeugt, daß das Unmögliche, an das sie glauben, sehr wohl existiert. In diesem Punkt war Jeanne durchaus normal, eingesponnen in Wahnvorstellungen, die jene kaum überstiegen, die der Menschheit insgesamt zu schaffen machen.

Octaves Frage jedoch entwaffnete sie. Das Blut stieg ihr in den Kopf, sie war erfreut, jetzt um so sicherer zu wissen, daß er nicht Alexandre sein konnte. Ihrem blinden Mann hatte sie dieses wohlgehütete Geheimnis niemals anvertraut, und auch in ihrem roten Heft war nirgendwo davon die Rede gewesen.

»Hätte ich darüber hinweggehen sollen?« fragte Octave jetzt.

»Wie haben Sie das bemerkt?«

»Ich bin jemand, der sich gern Fragen stellt.«

»Und?«

»Ich habe mich gefragt, warum Sie niemals zum Abendessen in ein Restaurant eingeladen werden. Und gleichzeitig habe ich mich gefragt, warum Sie sich immer rechts von mir halten ... und ob diese beiden Fakten, die scheinbar nichts miteinander zu tun haben, nicht vielleicht doch im Zusammenhang stehen.«

Jeanne empfand es als wohltuend, verstanden worden zu sein, durchschaut von diesem scharfsinnigen Blick, der sie beharrlich mied. Octaves Bemerkung und die Überlegungen, die er für sich angestellt hatte, trafen den Nagel auf den Kopf, ohne daß sie selbst Einzelheiten erklären mußte. Genau das war es, was sie rückhaltlos für ihn einnahm: durchschaut zu werden ... aufmerksam beobachtet, durch Schlußfolgerungen erkannt und schließlich in ihrer versponnenen Komplexität verstanden zu werden. Eine Leistung, die sie begeisterte, wenn es um ihre vielschichtige Persönlichkeit ging, vor allem weil es so taktvoll geschah, daß ihre Empfindsamkeit nicht darunter litt.

Berechnend, wie er war, sah Octave davon ab, ihr zu erklären, daß es unsinnig war, Einladungen zum Abendessen rundweg auszuschlagen. Nein, er war so klug, sie in ihren Vorbehalten zu bestärken, sie für ihre Zurückhaltung zu loben, ohne eine Spur von Ironie ihren Mut zu bewundern, aus einem derart zwingenden Grund auf vielerlei Vergnügungen zu verzichten – schon weil er instinktiv wußte, daß man nur dann an einen Menschen herankommt, wenn man zunächst dessen unvernünftige Ansichten teilt, das Dickicht seiner Vorbehalte durchdringt. Und dann, nachdem Jeanne ihre durchaus berechtigten Befürchtungen im einzelnen dargelegt hatte und sich bestätigt fühlte und erleichtert war, daß Octave ihre Handlungsweise nicht in Frage stellte, und er ihr von einer Freundin berichtet hatte, deren Reize eine nachhaltige Einbuße erlitten hatten, sozusagen getrübt worden waren, als sich in ganz Auckland herumgesprochen hatte, daß sie auf einem Auge blind war, meinte der listige Octave:

»Es gibt allerdings ein todsicheres Mittel, mit einem derartigen Handicap bei einem Abendessen in Gesellschaft nicht aufzufallen. Ein todsicheres!«

»Das würde mich wundern ... wo ich doch schon so lange darüber nachdenke!«

»Todsicher, sage ich.«

»Und wie lautet diese Zauberformel?« spöttelte sie.

»Haben Sie schon mal Jagd auf Kokoskrabben gemacht?«

»Nein, warum?«

Prompt hob Octave zu einer langatmigen Beschreibung kanakischer Jagdgepflogenheiten an, während Jeanne von einem Fuß auf den anderen trat und darauf wartete, daß er ihr endlich das Geheimnis der todsicheren Methode verriet, die er erwähnt hatte. Ihre Ungeduld stieg ins Unermeßliche, schon weil sie begierig auf alles war, was sie von dieser ständigen Pein erlösen konnte. Da er weiterhin darauf achtete, sie nicht anzusehen, konnte sie zumindest befriedigt feststellen, daß sie für Octave nichts von ihrer Ausstrahlung eingebüßt hatte, auch nachdem er hinter ihr Geheimnis gekommen war. Nur diese ausschweifenden Ausführungen, mit denen sie nichts anzufangen wußte – warum zum Teufel verbreitete er sich auf einmal über Kokoskrabben? –, gingen ihr allmählich auf den Geist, so daß sie unwillkürlich sarkastisch wurde.

»Wo bleibt er denn nur, Ihr todsicherer Trick?!« entfuhr es ihr.

»Warum fallen Sie mir ins Wort? Hebriden-Krabben fängt man nun mal nicht auf die gleiche Weise wie

Lifou-Krabben, da gibt's einen himmelweiten Unterschied! Und Sie werden niemals erraten, warum.«

»Nein ...«

Noch eine halbe Stunde lang hielt sich Octave mit der Beantwortung ihrer Frage zurück, so lange, bis Jeanne anfing, aufmerksam dem zu lauschen, wofür sie anfangs nicht empfänglich gewesen war. Daß er sie gezwungen hatte, sich einer höchst belanglosen Geschichte zu öffnen – merkte er denn nicht, daß er sie langweilte? –, entging ihr. Schließlich warf sie ein:

»Alles schön und gut, aber jetzt zu diesem todsicheren Trick ...«

»Todsicher dürfte ein wenig übertrieben sein. Ich sollte mich nicht zu so hochtrabenden Worten hinreißen lassen. Schrecklich, dadurch laufe ich direkt Gefahr, an Glaubwürdigkeit zu verlieren. Ich hätte wohl ein bescheideneres Adjektiv wählen sollen, ja, eins, das weniger unumstößlich ist, weniger großspurig, weil ich mich immer noch täuschen kann ...«

»Wie lautet Ihr Rat?«

»Wer kann während eines Abendessens jederzeit aufstehen und sich somit einer unangenehmen Frage entziehen?«

»Die Gastgeberin ...«

»Auch weiterhin nicht im Restaurant zu essen ist gescheiter, wenn Ihnen eine Frage gestellt wird und Sie dem Gespräch bereits nicht mehr folgen können ... Etwas anderes ist es, selbst ein Abendessen zu geben, Freunde einzuladen. Zu Hause, an Ihrem eigenen Tisch, sind Sie in Sicherheit und gleichzeitig unter Menschen und können anschließend tanzen.«

Was er nicht sagte, war, daß ihr gar nichts anderes übrig blieb, wurde sie doch in Port-Vila schon längst nicht mehr zum Abendessen eingeladen. Jeanne überlegte. Octaves Vorschlag erschien ihr vernünftig, ausgezeichnet sogar; er berücksichtigte ihr Handicap und bot gleichzeitig Gelegenheit, sich endlich einmal wieder zu amüsieren, nach Herzenslust zu tanzen, sich der Musik hinzugeben, die alle Verkrampfungen lockert. Ja, so bald wie möglich wollte sie ein großes Essen veranstalten, mit anschließendem Ball, vielleicht einen Kostümball.

»Sie werden doch auch kommen?«

»Sind Sie nicht neugierig zu erfahren, warum ich Ihnen lang und breit von Kokoskrabben erzählt habe? Geben Sie doch zu, daß ich Sie damit gräßlich gelangweilt habe!«

»In der Tat!«

»Um Sie für meinen Vorschlag zu erwärmen, den zu akzeptieren Sie zu Beginn unserer Unterhaltung nicht bereit waren. Jetzt kann ich Ihnen das ja sagen, weil ich merke, daß Sie inzwischen fest entschlossen sind, baldmöglichst ein solches Fest zu geben – zu dem ich selbstredend nicht erscheinen werde.«

»Warum nicht?«

»Ich habe Sie nach etwas Bestimmtem gefragt. Wissen Sie das nicht mehr?«

»Was denn?«

»Ich habe Sie gefragt, wie Sie es anzustellen gedenken, jedweden Gefühlsaufwallungen mir gegenüber zuvorzukommen. Ich wiederhole also meine Frage: Können Sie mir erklären, wie Sie das im Falle eines Falles anstellen wollen?«

»Sie sind mächtig eingebildet ...«

»Nein, ich bin nicht ekelhaft genug, sonst wären Sie jetzt nicht hier ... Also noch einmal: Solange Sie meine Frage nicht beantworten können, ziehe ich es vor, Ihnen aus dem Weg zu gehen. Schon weil mit jedem unserer Treffen unsere siebte Begegnung näherrückt, vergessen Sie das nicht. Und Sie wissen, was passiert – und was ich nicht möchte –, wenn es zu dieser siebten Begegnung kommt. Guten Abend!«

Damit entfernte er sich und ließ sie völlig aufgelöst, zermürbt von der alles erdrückenden Äquatorhitze zurück. Jeanne kochte vor Wut über diesen Mann, der es ebenso gut verstand, sie zu erregen wie aufzuregen. Der sie verwirrte, weil sie in seiner Gegenwart einen unwiderstehlichen Drang nach Veränderung spürte, den er in ihr geweckt hatte, und gleichzeitig kränkte er sie, weil er sie zurückwies. Wenn er mit ihr sprach, kam sie sich vor wie eine Blume und war gegen ihren Willen bereit, sich unter der Obhut eines einfühlsamen Gärtners zu entfalten. Was steckte hinter all dem? Niemals hatte ein Mann ihr so viele Türen aufgestoßen. Fast beiläufig weckte Octave schlummernde Kräfte in ihr und mokierte sich immer wieder über ihre Weigerung, unbeschwert zu leben. Mit seinen versteckten Anregungen und hintergründigen Bemerkungen brachte er sie dazu, ihre Ängste zu überwinden; das erkannte sie sehr wohl, auch wenn sie nicht immer merkte, wie geschickt er dabei vorging. Wenn aber Octave, wie er vorgab, nichts für sie empfand, warum schenkte er ihr dann so viel Aufmerksamkeit? Jeanne spürte doch, daß dieser Mann sie begehrte, trotz seines festen Vorsatzes, ihr aus dem Weg zu gehen, und seinem Bemühen, jeglichen Blickkontakt mit ihr zu meiden. Sein Verhalten bestürzte sie; seine zur Schau gestellte Haltung ihr gegenüber verstörte sie regelrecht.

Dabei gehörte Rivière in Wahrheit zu jenen, die sich nicht damit abfinden, daß die Frau, die sie lieben und der sie verfallen sind, eine Gefangene ihrer Überzeugungen ist, verstrickt in abwertende Vorstellungen von sich selbst. Dieser Cocktail aus sich ständig wiederholenden Qualen und unglaublichen Selbsttäuschungen, der bei Jeanne Tag für Tag Wirkung zeigte, war ihm unerträglich, setzte ihm zu wie alles, was unabänderlich zu sein schien, nur daß seine Verzweiflung in diesem speziellen Fall noch größer war. Schließlich war Jeanne diejenige, die ihm allein durch ihre Gegenwart Zutritt zu einem für ihn so schwer zu erreichenden gefühlsbetonten Leben verschaffte. Außerdem rührte ihn Jeanne, er vermutete, daß in ihr unbekannte Eigenschaften schlummerten und auf einen Durchbruch warteten, jenes unerforschte Terrain, das er hinter ihren törichten Ansichten ahnte. Je näher er dem Mann kam, der er sein wollte, desto mehr dünkte ihn, daß Liebe die Kunst war, eine Frau aus ihrem eigenen Käfig zu befreien, aus der Falle, die sie daran hinderte, sich zu sich selbst emporzuschwingen. Jeanne ihre unselige Kindheit vergessen zu lassen, die Fesseln ihrer Gegenwart zu lösen, ihr unsichtbare Brücken in eine grenzenlose Zukunft zu schlagen, dies alles trieb ihn an und weckte ein unbezähmbares Verlangen nach ihr.

Octave wußte, daß er seine eigenen Ängste nur dadurch überkommen konnte, wenn er Jeanne von den ihren befreite, denn diese Frau, soviel stand fest, zeigte ihm in einem seltsamen Spiegelbild seine eigenen Grenzen ganz genau auf, jene Grenzen, gegen die er sich am meisten auflehnte. Wurde sie von einer beherrschenden Mutter gegängelt? Sie war nicht die einzige ... Schon eine Kleinigkeit – die Feststellung, daß sie auf dem rechten Ohr taub war – vermochte das bißchen Selbstvertrauen, das sie besaß, zu erschüttern. Doch ihm erging es nicht anders. Im Grunde war Rivière von seiner Mittelmäßigkeit überzeugt und somit nicht wert, daß ihm eine Frau überhaupt Aufmerksamkeit schenkte. Wenn er sich darüber entrüstete, daß Jeanne sich mit Gewalt das Leben schwermachte, dann war das nur ein Echo auf die panische Angst, die ihn lähmte, wenn er sich dabei ertappte, daß auch er sich Steine in den Weg legte, daß er sich zum Beispiel versagte, sich für etwas zu begeistern. Die Wut, in ein derart spärlich auf Zufriedenheit ausgerichtetes Naturell eingezwängt zu sein, darunter zu leiden, immer nur vorwärts zu schauen, anstatt den Augenblick auszukosten, erstickte ihn. Jeanne von sich selbst zu heilen war ein Mittel für Rivière, sich zu sich selbst zu bekennen.

Er war überzeugt, daß das Böse, das grandiose Werk des Teufels, darin besteht, daß Männer und Frauen sich unbewußt ein festgefügtes Bild von sich machen, was zwangsläufig tödlich ist, denn zu einem unwandelbaren Ich kristallisiert, hindert sich der Mensch daran, allen Facetten seiner selbst zum Durchbruch zu verhelfen. Hinter jeder tückischen Verknöcherung, jeder Scheu, sich weiterzuentwickeln, vermutet er den Teufel, allzeit bereit, sich zu übertreffen.

Selbst ein aufmerksamer Beobachter hätte jedoch nicht zu sagen vermocht, warum dieser Mann sich verbot, mit Jeanne, deren Erscheinung nachdrücklich seine Sinnenlust ansprach, ins Bett zu steigen. Wollte er tatsächlich verhindern, daß sich eine Frau zwischen ihn und seinen Bruder stellte – vorausgesetzt, daß Alexandre auf die Neuen Hebriden zurückkehrte? Oder befürchtete er, in der Glut einer Umarmung enttarnt zu werden – vorausgesetzt, daß er Alexandre war? Jeanne verstand die Welt nicht mehr. Nur eins stand fest: Sie war für eine neuerliche Begegnung bereit.

M'sieur«, sagte Max, »ich werde mich in Rechnen verbessern, aber nur in Rechnen.« »Nur in Rechnen!« bestätigte Octave. »Ich erwarte, daß du in den anderen Fächern weiterhin schlecht bleibst oder sehr schlecht, wie du willst. Das wird deine Mutter zur Weißglut bringen! Und solltest du zufällig mal gut in einer Grammatikübung abschneiden, werde ich dir trotzdem eine schlechte Note verpassen, solange du das willst. Haben wir uns verstanden?«

»Das wird sie zur Weißglut bringen!« wiederholte Max und zog ab auf den Schulhof.

Und in der Tat verbesserte sich Max sehr bald in Rechnen, während er sich ansonsten um schwache Leistungen bemühte, in Erdkunde seine Hausaufgaben nicht machte oder bei einem Gedicht, das er auswendig gelernt hatte, absichtlich steckenblieb – Patzer, die ihm früher aus Faulheit unterlaufen waren. Wie von Octave vorausgesagt, regte sich Jeanne prompt gewaltig darüber auf:

»Was ist bloß los mit dir? Du siehst doch, daß du es kannst, wenn du nur willst!« beschwor sie ihn.

Was Octave allerdings nicht einkalkuliert hatte, war, daß Max dieses Spielchen viel zu sehr zusagte, um sich in der Folgezeit aufzuraffen, auch in den anderen Fächern besser abzuschneiden. Mit schier bewundernswerter Ausdauer blieb er ein As in Rechnen und versagte ansonsten. Octaves Absicht, Max dazu zu bewegen, daß er sich änderte, und ihn indirekt anzuspornen, seine Fähigkeiten auch auf anderen Gebieten unter Beweis zu stellen, führte nicht zum gewünschten Erfolg.

Bei Jeanne dagegen erfüllte sich diese Hoffnung mit jedem Tag mehr. Seit ihre herrische Mutter den Griff gelockert hatte, neigte Jeanne zusehends weniger dazu, sich ständig Steine in den Weg zu legen, und sie begann, mehr an sich zu denken. Sie lud wieder zu Abendessen mit anschließendem Tanz ein, empfing jede Menge Gäste, trotz ihres Hörschadens. Allmählich hörte sie auf, noch kurz vor Lucies Rückkehr aus dem Urlaub Großreine zu machen, und überließ das Feld der jungen Melanesin, die für diese Arbeit zuständig war. Und sie fand ferner den Mut, sich nicht länger zu einem freiwilligen Opfer widriger Umstände zu machen, und ging deshalb auf Distanz zu Lucie.

In ihrer außergewöhnlichen Durchtriebenheit verstand sich besagte Perle nämlich hervorragend darauf, Jeannes Aufmerksamkeit auf sich zu ziehen und sie zum Zuhören zu zwingen, was zeitraubend war und kaum etwas einbrachte, außer daß sich bei der Hausherrin Gewissensbisse meldeten, weil sie dem Volk der Kolonialisten angehörte und obendrein weiß war. Indem Lucie dieses Gefühl schamlos ausbeutete, hatte sie bisher erreicht, daß Jeanne den Großteil der Hausarbeit selbst verrichtete, um somit jedem Vorwurf zuvorzukommen. Lucies ausgedehnte Freizeit war ein Zugeständnis an die Realität des Nord-Süd-Gefälles, nicht anders als ihre Stellung auf dem Terrain, das sie Tag für Tag zu putzen hatte. Schließlich hatte sich Jeanne nach fünf Jahren sogar dareingeschickt, Lucie nach einer heftigen Auseinandersetzung mit dem Stamm ihres Mannes das Schlafzimmer abzutreten. Seither war die Familie Rivière dazu verdammt, Jamswurzeln zu kauen, denn die westliche Küche vertrug Lucie nicht.

Unfähig, den unhaltbaren Zuständen, die sie so lange erduldet hatte, auf einen Schlag ein Ende zu bereiten, verfiel Jeanne (spontan?) auf die Idee, ihnen auf andere Weise entgegenzutreten, auf positive Weise. Anstatt die gräßliche Lucie rauszuschmeißen – wozu ihr der Mut fehlte –, ging sie eines Morgens freudestrahlend auf sie zu und sagte:

»Lucie, ich habe eine gute Nachricht für Sie!«

»Ach ja?«

»Ich finde, Sie arbeiten zuviel. Deshalb habe ich beschlossen, Ihnen eine Woche Urlaub zu geben, damit Sie Ihre Mutter besuchen können.«

»Ah!«

»Marthe wird Sie solange vertreten. Danach wird sie Ihnen zur Seite stehen.«

»Wer ist Marthe?!«

Natürlich würde Lucie niemals zulassen, daß diese imaginäre Marthe ihren Platz einnahm. Kaum daß ihr arbeitsscheues Naturell wieder zum Vorschein kam, setzte Jeanne abermals an:

»Ich merke doch, daß Sie müde sind, Lucie. Also besuchen Sie Ihre Mutter und ruhen sich bei ihr aus! Sie arbeiten zuviel, wirklich, das ist Ihrer Gesundheit abträglich. Legen Sie sich wenigstens eine Stunde hin!«

»Kommt nicht in Frage. Ich fühle mich bestens.«

Und Lucie fand zu angemessener Leistung zurück, aus Angst, ihre Trägheit könnte den Plan ihrer Herrin vorantreiben.

Mit nachdrücklichen Empfehlungen dieser Art – gegen die Lucie sich nicht auflehnen konnte, weil sie von ihr verlangten, das zu tun, was sie bereits tat – gelang es Jeanne sogar, ihr Schlafzimmer zurückzuerobern. Für jeden ihrer Schachzüge wartete sie eine geeignete Gelegenheit ab, die es dem kleinen Ungeheuer unmöglich machte, sie als Peinigerin hinzustellen. Diese Vorsichtsmaßnahme war vonnöten, denn Jeanne wußte, daß sie dem Druck dieses Mädchens nicht würde standhalten können. Eine etwas ausgefallene List, der sie sich eines Morgens bediente, war die, darauf zu bestehen, daß Lucie ab sofort zweimal täglich Siesta hielt, und zwar in Jeannes Bett.

»Wieso zweimal?« wunderte sich Lucie und fand, daß ihre Herrin zwar sonderlich, aber doch nicht völlig übergeschnappt war.

»Weil das weniger ist als fünfmal«, erwiderte Jeanne mit Nachdruck, was die verschlagene Lucie völlig durcheinander brachte.

»Fünfmal Siesta zu halten«, fuhr Jeanne fort, »das wäre wirklich zuviel des Guten, da geben Sie mir doch recht. Zweimal erscheint mir sinnvoller, eine Siesta am Vormittag, eine nachmittags. Da Sie weiterhin dieses hübsche Zimmer für sich beanspruchen, möchte ich, daß Sie es auch weidlich nutzen. Die Aussicht ist bezaubernd und das Bett bequem, oder etwa nicht?«

»Schon, aber ...«

»Sie sind wie ich, für halbe Sachen haben Sie nichts übrig. Also entscheiden Sie sich: Entweder Sie behalten mein Zimmer und legen sich, um es zu genießen, zweimal täglich hin, und wir verlieren kein Wort mehr darüber, oder sie ziehen noch heute ins Gästezimmer um.«

Die verdatterte Lucie zögerte einen Augenblick, denn sie verstand einfach nicht, warum ein mehr oder weniger normaler Mensch ein derart ausgefallenes Ansinnen an sie richtete.

»Übrigens«, ergriff Jeanne erneut das Wort, »habe ich Marthe auf dem Markt getroffen. Finden Sie nicht, daß es gut wäre, wenn sie von Zeit zu Zeit für Sie einspringen würde, wenn Sie erschöpft sind?«

Noch am selben Abend hatte Jeanne ihr Bett zurück.

Auf derart verschlungenen Pfaden wandeln zu müssen, um sein Schlafzimmer zurückzuergattern, ist natürlich ein wenig lächerlich, aber weil Jeanne ihre Kräfte nicht überschätzte, gelang es ihr, sich allmählich zu verändern. Sie fand zu einer Selbstsicherheit, die sich schrittweise festigte und aus der heraus sie eines Morgens den Vorsatz faßte, nicht länger zehn Prozent ihres Gehalts an Rose zu überweisen. Und das, obwohl diese Absicht mit fürchterlichen Schuldgefühlen einherging – wie konnte sie es wagen, einer mittellosen Frau von fünfundsechzig Jahren ein solches Handgeld vorzuenthalten? – und dem wahrscheinlichen Zerwürfnis mit der Schar ihrer Brüder und Schwestern, die zu verärgern sie vor allem fürchtete.

Wider Erwarten war es Lucie, die ihr, ohne es zu wissen, den richtigen Weg wies, als sie eines Abends erklärte:

»Wenn meine Schwester mich um Geld anhaut, besorge ich ihr Arbeit!«

Lucie kannte sich aus in der subtilen Kunst, sich nicht herumdirigieren zu lassen ... Jeanne griff den Gedanken auf, feilte ihn sich zurecht und rief eines Tages Rose an:

»Hallo, Maman? Ich stecke bis zum Hals in finanziellen Schwierigkeiten ... Und deshalb ist es mir leider nicht möglich, dir weiterhin deine monatliche Apanage zukommen zu lassen. Könntest du mir dagegen bis zum Jahresende monatlich fünfhundert Francs überweisen?«

Rose am anderen Ende der Leitung drohte in Ohnmacht zu fallen; diese plötzliche Umkehr ihrer Beziehung wirkte auf die Klapperschlange wie ein heftiger Zyklon. Wenn es um Geld ging, verstand Rose keinen Spaß. Indem sie mit der Bitte um einen kleinen Betrag den eigentlichen Gegenstand der Debatte auf den Kopf stellte – nämlich das knallharte Einstellen ihrer Zahlungen an die Mutter –, hatte Jeanne einen geeigneten Vorwand gefunden, mit ihrer Mutter darüber zu sprechen. Betäubt, aber schon wieder zum Gegenangriff bereit, ließ Rose sich lang und breit über ihre kärglichen Ersparnisse aus, so daß Jeanne schließlich einlenkte:

»Also gut, dann eben nicht. Bleibt also nur, mich irgendwie über Wasser zu halten ... Du kannst wirklich nichts erübrigen?«

»Machst du dich über mich lustig, mein Kleines?«

»Denk bitte nicht, daß ich dich einfach so hängenlassen will, ohne einen Heller. Ich hätte da nämlich was für dich ...«

Jetzt zog Jeanne den Joker aus dem Ärmel, ihre Risikoversicherung, *die* Lösung schlechthin, die sie davor bewahrte, sich in Grund und Boden zu schämen, weil sie drauf und dran war, ihre Mutter ins abgrundtiefe Elend zu stürzen. Sie hatte für Rose Arbeit gefunden, als Korrekturleserin für ein Pariser Verlagshaus, eine Tätigkeit, die Rose, pingelig bis dorthinaus und ungemein belesen, mit der erforderlichen Genauigkeit auszuüben imstande war, noch dazu von zu Hause aus.

Soviel zu den Unternehmungen, zu denen Jeanne durch die Begegnung mit Octave angeregt wurde. Nach und nach erfaßte die Druckwelle ihr gesamtes Universum. Die Liebe ließ sie Geschmack an diesen schrittweisen Metamorphosen finden, zu denen Octave sie betont unterkühlt und mit einer wohldosierten Sprödigkeit bewog, unter der sich weiterhin seine Leidenschaft verbarg.

Jeanne ahnte nicht, inwieweit Rivière bei ihren Überlegungen eine Rolle spielte und Anteil daran hatte, daß sie sich nach und nach ihres eigenen Potentials bewußt wurde. Ohne es zu merken, stand sie weiterhin unter dem Einfluß seiner versteckten Anregungen, grübelte unaufhörlich über die Fragen nach, die er gestellt hatte, ohne zu begreifen, daß ihm an Antworten nicht unbedingt gelegen war. Was er bezweckte, war, sie mit seinem Fragenwirrwarr immer wieder zum Nachdenken zu bewegen. Wie konnte sie behaupten, sie wüßte, wie sie sich gegen eventuelle Gefühle zu wehren habe? Durch welchen Trick sollte es ihr gelingen zu unterdrücken, was ihr Fleisch ihr bereits zuraunte? Jeanne bemerkte nicht, daß Octave für gewöhnlich die eigentliche Frage, auf die es ankam, meisterlich umging, um das Beabsichtigte zu erreichen. Wenn er versuchte, einem Kind zu helfen, das ins Bett pinkelte, sagte er nicht etwa *Hör gefälligst auf, ins Bett zu pinkeln,* sondern *Pinkle ruhig weiter ins Bett, es wäre gefährlich, zu bald damit aufzuhören.* Das heißt, er richtete sein Augenmerk mehr auf einen zweitrangigen Aspekt – im vorliegenden Fall auf den Augenblick, da der Kleine sauber sein würde –, anstatt das Problem beim Namen zu nennen. Stets kam er auf etwas zu sprechen, um auf Umwegen etwas ganz anderes zu erreichen.

Folglich beschäftigten Jeanne alle möglichen Fragen, bis sie indirekt zu dem Schluß kam, daß es an der Zeit war, sich Rechenschaft darüber abzulegen, ob sie verliebt war oder nicht. Je länger sie darüber nachdachte, desto mehr wurde die Leidenschaft, die sie möglicherweise für diesen Mann empfand, zur Realität, mehr noch: zu einer unumstößlichen Tatsache! Und je klarer ihr das wurde, desto weniger sah sie sich imstande, sich gegen ihre Gefühle aufzulehnen, die sie nicht losließen, die in ihr loderten und sie in Panik zu versetzen drohten. Noch beherrschte sie sich, sträubte sich vehement dagegen, sich auszuliefern, ihr Herz, das nur bedingungslos zu lieben verstand, abermals aufs Spiel zu setzen. Sie fühlte sich eingekreist, in die Enge getrieben von übermächtigen Gefühlen, die verhängnisvoll waren und quälend und sie drängten, nach Gelegenheiten zu suchen, um sich mit Octave zu treffen.

Und tatsächlich begegneten sie sich *rein zufällig* an einem Samstagmorgen auf dem Markt. Jeanne reihte sich sofort in die Schlange vor einem Fischhändler ein, unmittelbar hinter Rivière.

»Guten Tag!«

»Ah! Guten Tag ...«

Eine gereizte Stimmung beherrschte die Szene um sie herum; man ärgerte sich über die Verkäuferin, die so langsam bediente. Die meisten Gesichter waren abweisend, was Octave veranlaßte, unüberhörbar zu sagen:

»Gestern hätten Sie Ihren Spaß gehabt, Jeanne. Ich wollte ins Freiluftkino, und in der Schlange, in die ich mich stellte, wurde lauthals geschimpft. Dabei waren die Leute gekommen, um eine Komödie zu sehen! Sie waren gekommen, um sich zu amüsieren – doch stattdessen meckerten sie! Da war nicht einer, der die Situation als absurd empfunden hätte, keiner, der geschmunzelt oder darüber gelacht hätte.«

Umgehend kehrte ein Lächeln in die Gesichter der Ungeduldigen zurück, ohne daß sie merkten, inwieweit Octave sie durch seinen Spott für ein griesgrämiges Verhalten beeinflußt hatte. Doch Octave handelte nicht vorsätzlich; ganz natürlich und unbewußt manipulierte er andere, um ihnen den Sinn des Lebens vor Augen zu führen und sie dazu zu bewegen, das Gefängnis ihrer negativen Gedanken zu sprengen, zumindest einen Augenblick lang. Wo immer er auftauchte, verbreitete er gute Laune, vertrieb das Grau.

Jetzt warf Octave einen Blick in Jeannes Korb.

»Wenn Sie das da essen«, raunte er, »werden Sie niemals die zwei Kilo los, die Sie stören ... die Ihnen das Leben schwermachen!«

Jeanne stieg die Schamesröte ins Gesicht, denn in der Tat störten sie diese lächerlichen zwei Kilo derart, als handelte es sich um zwanzig, hielten sie davon ab, sich im Badeanzug sehen zu lassen und hinderten sie daran sich vorzustellen, sich einem Mann mit eindeutigen Absichten nackt zu zeigen. Sie riß sich jedoch zusammen und fragte:

»Fällt das denn derart auf?«

»Die zwei Kilo nicht, aber Ihre Verlegenheit deswegen schon«, gab er leise zurück, um Jeanne zu zwingen, daß sie die Ohren spitzte. »Sie geben sich viel zuviel Mühe, hübsch auszusehen. Ihre Frisur, die viel zu gepflegt ist, Ihr Make-up, all das verrät mir, daß Sie nicht an Ihre Schönheit glauben. Und wenn ich Ihnen sage, daß Sie über eine sinnliche Ausstrahlung verfügen, werden Sie mir bestimmt widersprechen.«

Jeanne war einen Moment lang wie erstarrt. Diese kühne wie schmeichelhafte Bemerkung raubte ihr den Atem. Jetzt mit ja zu antworten, hieß ihm zustimmen, und das ärgerte sie; ein Nein hingegen lief darauf hinaus, dem beizupflichten, was er erwartete. Deshalb schwieg sie, tat so, als habe sie nicht zugehört, und fragte, nachdem sie sich wieder gefaßt hatte:

»Wegen der zwei Kilo, was könnte ich dagegen tun?«

»Mein Vorschlag kann warten, bis wir den Fisch eingekauft haben ...«

Bald darauf ließen sie sich auf der Terrasse eines kleinen Pariser Cafés nieder, das es zwar unter den Hebridenhimmel verschlagen hatte, das aber ein Bollwerk gegen die Tropen war, darauf bedacht, bis ins Kleinste französisches Ambiente zu verströmen, ungeachtet der melanesischen Umgebung und der Treibhaustemperaturen, die den in der abgestandenen Luft nach Atem ringenden Gästen den Schweiß auf die Stirn trieb.

»Also?« sagte Jeanne.

»Was halten Sie davon, ein Pfund abzunehmen?«

»Wieso das?«

»Wie schöpft man ein Boot leer, in dem das Wasser bis zum Rand steht und das zu kentern droht? Schafft man das auf einen Schlag, oder ...«

Man schöpft so lange, bis alles Wasser draußen ist, dachte sie bei sich.

»Ich bin mir gar nicht so sicher«, fügte er noch hinzu, »daß Sie wirklich zwei Kilo abnehmen wollen.«

»Wie das?«

»Sie haben Angst, sich vor einem anderen als Alexandre auszuziehen, und das hat Ihnen bis heute geholfen, ihm treu zu bleiben, ist's nicht so? Ich bin mir also nicht sicher, ob Sie bereit sind, ihn zu betrügen – Sie sehen es doch als Betrug an, mit einem anderen Mann zu schlafen ... Ich kann mich natürlich irren. Trotzdem ... ist nicht zu bestreiten, daß Sie an Ihrer Ehe festhalten.«

»In der Tat ...«

»Ich kann Ihnen nur helfen, wenn Sie alle meine Fragen genau und vor allem kurz beantworten, auch wenn es um Dinge geht, die Sie nicht preisgeben möchten, Dinge, die Sie mir eigentlich nicht anvertrauen wollen. Wir könnten ja mit einer Frage beginnen, bei deren Beantwortung Sie nicht befürchten müssen, sich etwas zu vergeben. Also: Bevorzugen Sie bei sich zu Hause die Badewanne, oder stellen Sie sich unter die Dusche?«

»Ich dusche. Warum?«

»Beschreiben Sie zunächst einmal genau, wie Sie duschen, jeden Handgriff vorher, währenddessen und danach. Fassen Sie sich vor allem kurz, ohne jedoch die kleinste Kleinigkeit auszulassen!«

Verwirrt über diese widersprüchliche Aufforderung, schilderte Jeanne ihm haarklein den üblichen Ablauf ihres Duschprogramms, beantwortete auch Octaves ausgefallene technische Fragen – wurde der Wasserhahn der Dusche mit einer halben oder einer viertel Umdrehung abgestellt? –, über die sie, so unmöglich sie ihr auch erschienen, angestrengt nachdenken mußte, bis sie schließlich quasi nackt vor ihm stand. Damit sie sich dieser Nacktheit vollends bewußt wurde, sagte er:

»Und jetzt, nachdem Sie sich sehr sorgfältig – darauf lege ich Wert – abgetrocknet haben, reiben Sie sich doch sicher mit einer Lotion ein – fangen Sie damit bei den Schultern an oder am Gesäß? Ganz frei heraus! Fahren Sie sich mit der Hand über Ihre Brüste oder Ihren Hintern? Antworten Sie rasch!«

Der Gedanke an ihre Körperteile zwang Jeanne von neuem, sich mit ihrer Anatomie auseinanderzusetzen, die ihr seit Alexandres Verschwinden nichts mehr bedeutete. Und zum erstenmal seit zwei Jahren wurde sie sich wieder ihrer Formen bewußt, ihrer vollerblühten Körperlichkeit.

»Stellt sich nun die Frage«, fuhr er fort, »ob Ihr Slip – der, den sie gerade tragen – groß genug ist, um Ihr Schamhaar völlig abzudecken. Außerdem frage ich mich, ob sich auf Ihrem Busen die Markierungen eines Badeanzugs abzeichnen oder ob er sonnengebräunt ist wie Ihre Beine ... die die gleiche Farbe haben dürften wie Ihre Brustwarzen, stimmt's?«

Unwillkürlich mußte Jeanne an ihre Scham denken, an ihre Beine und ihren Busen, empfand sich plötzlich wieder als begehrenswerte, begehrende Frau. Die Ungeniertheit seiner Überlegungen erregte sie derart, daß sie gar nicht auf die Idee kam, Octave versuche auf diese Weise, ihre verletzte Weiblichkeit zurechtzurücken, ihr geschwundenes Selbstbewußtsein zu stärken, das Alexandre ihr einst gegeben und dann entzogen hatte, indem er ohne ein Wort verschwunden war.

»Ich finde Ihre Fragerei ungehörig ...«, beschränkte sie sich anzumerken und kam dann auf ihr ursprüngliches Problem zurück:

»Sie wollen mir also nicht verraten, wie ich meine Pfunde loswerde?«

»Doch, und ich verspreche Ihnen, daß es auch klappt,

wenn Sie sich genau an das halten, worum ich Sie bitte. Sie gehen jetzt nach Hause, duschen und tun alles – darauf bestehe ich –, was Sie, wie Sie sagen, normalerweise tun. Und dann ...«

»... was?« fiel sie ihm ins Wort.

»Damit es klappt, müßten Sie sich zu etwas Ausgefallenem bereit erklären, was Ihnen vielleicht unangenehm ist und äußerst peinlich.«

»Was denn?«

»Sie müßten mir gestatten, mich im Nebenzimmer aufzuhalten. Nein, nicht im Bad, sondern im angrenzenden Zimmer. Allein, oder mit Ihren Kindern.«

»Das ist alles?« Sie war erstaunt, merkte nicht, daß er zunächst maßlos übertrieben hatte, damit ihr sein Ansinnen um so harmloser erschien, allein schon wegen seiner Bereitschaft, Max und Bérénice um sich zu haben.

»Ja«, sagte Octave, »obwohl es mir reichlich ungehobelt erscheint, mich Ihnen aufzudrängen. Also dann, trinken wir erst mal aus und besprechen dabei, ob wir sofort zu Ihnen gehen oder erst später. Wie Sie wollen.«

Die Aufforderung dürfte einem weniger merkwürdig vorkommen, wenn man weiß, daß die Großstädter auf den Hebriden alles ausschwitzten, was sie in diesem Treibhausklima zwangsläufig tranken, und daß es nicht ungewöhnlich war, zum eigenen Wohlbefinden mehrmals am Tag zu duschen.

»Aber ...«, hakte Jeanne wieder ein, »wieso glauben Sie, daß ich auf diese Art meine Pfunde loswerde?«

»Das werden Sie merken, wenn Sie sich vor dem Spiegel abtrocknen. Nicht eher. Sie haben doch einen Spiegel? Einen ausreichend großen? Daß er groß ist, ist nämlich sehr wichtig ...«

Abermals lockte er sie auf eine falsche Fährte, um ihre Frage ins Leere laufen zu lassen. Eine Stunde später stand Jeanne unter ihrer Dusche und dachte daran, daß Octave, durch eine Holzwand von ihr getrennt, genau wußte und sich vorstellen konnte, was sie in diesem Augenblick tat. Es gab kein sich Berühren oder Kratzen oder Anfassen, von dem sie ihm nicht berichtet hätte, und dementsprechend war jede ihrer seifenschaumigen Zärtlichkeiten erfüllt von einer ganz eigenen Erotik, so als sei ihre Hand die von Rivière, streichle sie an seiner Stelle, steigere ihre beseligenden Lustgefühle. Peinlich genau achtete sie darauf, das volle ihm geschilderte Programm einzuhalten, damit Octave seinerseits nicht den Faden bei diesem mentalen Körperkontakt verlor, auf den er, wie sie annahm, versessen war, bis ihr, überwältigt von dieser Phantasievorstellung, von dem Gefühl, von seinen Händen, die als ihre über ihre attraktiven Kurven glitten, endlich gewürdigt zu werden, die Tränen in die Augen stiegen. Noch nie, so schien es, hatte sie ihr Frausein derart intensiv empfunden. Dieser Eindruck verstärkte sich noch, als sie sich vor dem Spiegel abfrottierte und mit einem bislang unbekannten Glücksgefühl ihre Nacktheit betrachtete, nach der zu sehnen Octave sich zu sträuben schien. Und auf einmal wurde ihr klar, daß für den, der sich begehrt weiß, zwei Kilo keine Rolle spielen. Andererseits wollte sie diese Pfunde aber auch loswerden, denn sie war bereit zu dem Wagnis, für einen anderen als Alexandre alles auf eine Karte zu setzen, bereit, ihre Zurückhaltung aufzugeben, das letzte Band zum Vater ihrer Kinder zu zerreißen. Denn obwohl sie sich zwischenzeitlich auf das eine oder andere flüchtige Abenteuer eingelassen hatte, hielt sie der Traum von einer erfüllten Ehe seit zwei Jahren gefangen und hinderte sie daran, sich auf sich selbst zu besinnen, indem sie einem in ihren Augen begehrenswerten Körper Befriedigung verschaffte. Daß sie abnehmen wollte, schien das Zeichen ihrer Bereitschaft dafür zu sein. Dies alles geisterte Jeanne durch den Kopf, als sie sich im Spiegel musterte, ihr seitenverkehrtes Abbild betrachtete, das ihr Auftrieb gab.

Als sie das Badezimmer verließ, fühlte sie sich wie neugeboren, geheilt davon, sich so lange vernachlässigt zu haben – zwei Kilo können einer Frau zuweilen gewaltig zusetzen –, und war bis über beide Ohren verliebt in den, der diese Verwandlung eingeleitet hatte, dieser Mann, der sich darauf verstand, ihre Weiblichkeit herauszufordern, zum Sprießen zu bringen und zu hegen, der sie dazu brachte, ihre Einstellung zu sich selbst zu ändern. Ihre Stimme war heiß vor Erregung, als sie nach ihm rief:

»Octave?«

Es war Max, der antwortete.

»Er ist grade gegangen. Er hat gesagt, du wüßtest, warum, und daß dies euer sechstes Zusammentreffen war, das sechste, hat er eigens betont. Schau dir mal mein Heft an ... In Rechnen habe ich die ganze Woche über zehn Punkte von zehn bekommen!«

Jeanne mußte sich zwingen, sich ihre abgrundtiefe Enttäuschung, die ihr fast den Boden unter den Füßen wegriß, nicht anmerken zu lassen und so zu tun, als interessiere sie sich für die Erfolge ihres Sohnes. Ihre ungeküßten Lippen formulierten den einen oder anderen Tadel an die Adresse von Max, ehe sie sich eine Hemdbluse über die Schultern legte, die Rivière nicht liebkost hatte; ihr verschmähter Körper zitterte vor Wut, ihr Schoß krampfte sich zusammen, weil er nicht umfangen worden war. Egal, ob dieser Rivière Octave war oder Alexandre! Ihre Sinne hatten den Mann erkannt, der ohne Wenn und Aber der richtige war für den großen Sprung in die rückhaltlose Liebe. Und auch wenn sie sich den Kindern gegenüber als durchaus treusorgende Mutter und weniger als Frau zeigte, schwor sie sich, dem Widerspenstigen bei nächster Gelegenheit Dampf zu machen. Jeanne war erfüllt von Verlangen, von brennender Ungeduld – übrigens war sie sich sicher, daß dies erst ihre vierte Begegnung gewesen war und nicht die sechste –, während draußen der tiefhängende Himmel seine dickbauchigen Wolken öffnete und durch den vulkanischen Schwefel in einem gelblichen, fast urinfarbenen Platzregen entlud. Das Tosen dieser ozeanischen Natur, das sich im lautstarken Prasseln dicker Tropfen niederschlug, war wie ein Echo auf ihren Heißhunger. Gleichgültig für alles andere, fieberte sie jetzt danach, diesen Mann zu verschlingen, war besessen von jener unbezähmbaren Gier, die Frauen zuweilen überkommt.

Das Objekt der Begierde war einigermaßen fassungslos, ja bestürzt, bei Max bisher nicht viel erreicht zu haben und zusehen zu müssen, wie der Junge im Unterricht nach wie vor mit Pauken und Trompeten versagte. Einzig in Rechnen setzte er alles daran, zu zeigen, wozu er fähig war, verspürte aber nicht die geringste Lust, sich auch in einem anderen Fach hervorzutun. Anstatt weiterhin auf eine wenn auch zögerliche Wende zum Besseren hin zu hoffen, knöpfte Octave sich deshalb eines Abends nach Schulschluß den Bengel vor: Es war dringend geboten, das Füllen an die Kandare zu nehmen. Schon weil Max sich zu Hause unmöglich benahm und gelegentlich, wenn Jeanne ihn zurechtwies, sogar gewalttätig wurde, ungeniert Lampen zu Bruch gehen ließ, das Treppengeländer ramponierte und mittlerweile Gefahr lief, sich selbst etwas anzutun, wenn ihn der Zorn übermannte. Seine Mutter wußte nicht mehr weiter, war an manchen Abenden außer sich vor Angst.

Octave hatte mitbekommen, wie sehr Jeanne unter dem Verhalten ihres Sohnes litt, und sie zu lieben bedeutete seinem Verständnis nach auch, ihr in ihrer Eigenschaft als Mutter beizustehen, schon weil sie sich sonst nur schwerlich bewußt werden würde, daß sie darüber hinaus eine Frau war. Jeannes Herz zu erobern war also ein müßiges Unterfangen, wenn er nicht versuchte, ihre Verzweiflung und die des kleinen Knirpses zu lindern, der seinen Namen trug.

Eine einfache Frage beschäftigte ihn: Was in ihm sträubte sich dagegen, daß Max Fortschritte machte, widersetzte sich seinem Wunsch, diesem Kind zu helfen? Hatte nicht er ihm die ausdrückliche Order erteilt, sich so zu verhalten, wie er das tat? Octave war neugierig und ehrlich genug, seinem inneren Zwiespalt nachzuspüren, eine unter Lehrern nicht gerade verbreitete Einstellung. Und er fragte sich, ob nicht er im Grunde der Störenfried war, der Max dazu getrieben hatte, in allen Fächern außer Mathe völlig zu versagen, er, der dieses Kind in seinem Widerstand der Mutter gegenüber bestärkte.

Eigentlich mißfiel ihm die Einstellung des jungen Rivières keineswegs. Der hochbegabte und gleichzeitig stinkfaule Max verdiente Bewunderung und verwies nur allzu deutlich auf sein Familienerbe. Indem er darauf aus war, Schwierigkeiten zu machen, trug der Junge dazu bei, Octave dazu zu bringen, den Ursachen auf den Grund zu gehen und nach einer Lösung zu suchen. Da gab es aber noch einen heikleren Punkt, den Octave vertiefen wollte: In seinem Eifer, diesem Onkel zu gefallen, den er als Vater-Ersatz betrachtete, schien Max Rivières verkappten Groll auf Jeanne übernommen zu haben und seine Mutter für den schwelenden Unmut seines Onkels oder Vaters büßen zu lassen. Zum erstenmal wünschte sich Rivière, Max würde ihn als seinen Vater ansehen, eine Erkenntnis, die ihn erstaunte und rührte. Und ab sofort versagte er sich nicht länger, von väterlichen Gefühlen überwältigt zu werden, die etwas ganz Neues für ihn waren.

Als Max sich bei ihm meldete, sagte er denn auch:

»Ich bin zufrieden mit dir. Du bist ein echter Rivière, ein ganzer Kerl, auf den man sich verlassen kann. Du hast dir vorgenommen, in allen Fächern außer Mathe mangelhaft zu bleiben und damit Wort gehalten. Zur Abwechslung möchte ich jetzt, daß du dir zwei Tage lang auch in Rechnen wieder schlechte oder sogar miserable Noten einhandelst. Ich halte es nicht unbedingt für klug, wenn du zu schnell ein guter Matheschüler wirst. So ließe sich feststellen, ob es dir nicht eher Vorteile bringt, auf der ganzen Linie zu versagen, kleine Belohnungen, die du sonst nicht bekämst, verstehst du?«

Max verstand nichts. Octave fuhr fort:

»Und als Anerkennung dafür, daß du Wort gehalten und dich nur in Mathe verbessert hast, möchte ich dir etwas geben, ein Geschenk, wie ich es auch von meinem Vater zu meinem achten Geburtstag bekommen habe.«

Vor Verlegenheit schoß Max das Blut ins Gesicht. Verständlich. Die Freude darüber, für diesen Mann, der seinem Vater so ähnlich sah, so etwas wie ein Sohn zu sein, färbte seine Wangen. Octave nutzte die Verwirrung des Jungen, die ihn daran hinderte, nein zu sagen, und wurde deutlicher:

»Es soll dazu beitragen, die Nerven deiner Mutter noch mehr zu strapazieren, sie wahnsinnig zu machen. Allerdings weiß ich nicht, ob du es schaffst, den Kleinen so zu erziehen, daß er dir aufs Wort folgt, ich weiß ja nicht mal, ob du es fertigbringst, ihm etwas zu verbieten. Vielleicht aber kannst du dich durchsetzen und dir damit meine Hochachtung sichern.«

Wenn Max in seinem Überschwang bereit war, dieses – noch nebulöse – Ansinnen voll und ganz zu erfüllen, dann weniger, weil es geschickt vorgetragen worden war, sondern weil er bei seinem vermeintlichen Onkel echte Zuneigung und Interesse an ihm, dem Dreikäsehoch, spürte. In diesem Moment öffnete Octave die Tür, und auf einen Pfiff hin sah Max im Hof sein Geschenk herumtollen: einen tolpatschigen jungen Hund, noch unsicher auf den Beinen, mit kurz behaartem Körper und einer übergroßen Schnauze.

»Das ist Marcel. Er gehört dir. Du bist ab sofort verantwortlich für ihn.«

Max strahlte. Dieser kleine Mischling war genau der Hund, den er sich, wie aus vielen seiner Aufsätze hervorging, immer gewünscht hatte. Er stürzte auf ihn zu, um ihn zu streicheln, worauf das Tier mit heftigem Schwanzwedeln seine Freude über das neue Herrchen bekundete.

»Du mußt sehr lieb zu ihm sein«, sagte Octave von der Türschwelle aus.

»Ist er krank?«

»Nein, aber er hat sehr unter der Trennung von seinem Vater gelitten, das hat ihn verstört, ihn ausrasten lassen, er ist nicht unbedingt umgänglich, eher ungehorsam. Du verstehst schon ... Laß ihm nichts durchgehen, von Anfang an nicht. Hunde brauchen eine strenge Hand, das beruhigt sie ... aber das weißt du ja selbst. Also dann ...«

»Wie soll ich das anstellen?«

»Ich geb dir einen Tip. Er stammt von meinem Vater, und der kannte sich mit widerspenstigen Hunden aus.«

»Was für einen Tip?«

»Eigentlich sollte ich ihn für mich behalten, weil er dir komisch vorkommen wird. Außerdem weiß ich nicht, ob du ihn befolgen kannst, du bist vielleicht doch noch zu jung.«

Zehn Minuten lang ließ Octave ihn auf diese Weise schmoren, schmeichelte ihm, weckte in ihm den Wunsch, als Erwachsener eingestuft zu werden, und stellte seine Geduld so sehr auf die Probe, daß der junge Rivière schließlich herausplatzte:

»Das ist nicht fair! Sie schenken mir einen Hund, ohne mir zu sagen, wie ich mit ihm umgehen soll! Das ist doch kein Kinderspiel!«

»Also gut ... eigentlich ist es ganz einfach. Es ist das Beste für einen Hund, vor allem für einen, der keinen Vater mehr hat, ihm all das beizubringen, was deine Mutter von dir verlangt. Alles! Genau das Gleiche.«

»Auch Zähneputzen?« kam es belustigt.

»Auch Zähneputzen! Morgen bringe ich dir eine Bürste mit. Wenn also deine Mutter dir etwas aufträgt, erledigst du das umgehend, und anschließend läßt du es nochmals von ihm erledigen. Aber aufgepaßt, nicht nachlässig werden, du mußt Marcel ein Vorbild sein! Und merk dir eins: Hunde haben ein feines Gespür. Einen Menschen kann man an der Nase herumführen, anschwindeln; ein Hund dagegen merkt das sofort! Wenn du ihm nicht mit gutem Beispiel vorangehst, wird er dir nicht gehorchen. Das ist das ganze Geheimnis ... das Geheimnis meines Vaters.«

»Also heute Abend ...«

»... wirst du, wenn du zu Bett gehst, Marcel einen Platz am Fußende zuweisen. Spätes Schlafengehen kommt für ihn übrigens nicht in Frage.«

»Und hier, in der Schule?«

»Hast du nicht gehört, was ich gesagt habe?«

»Was denn?«

»Er soll all das tun, was deine Mutter dir aufträgt, ohne Ausnahme! Sie schickt dich zur Schule? Na gut, dann geht Marcel ebenfalls hin! Ich erlaube es dir. Während des Unterrichts wird er auf dem Hof bleiben. Und jetzt ab mit dir! Und sei lieb zu ihm, er hat keinen Vater mehr, sondern nur noch dich!«

»Und wenn er mir nicht gehorcht?«

»Was macht deine Mutter, um dich dafür zu bestrafen?«

»Sie schickt mich in mein Zimmer.«

»Also sperrst du ihn in dein Zimmer!«

»Und wenn er alles kaputt macht?«

»Was tut deine Mutter in diesem Fall?«

»Sie weiß schon gar nicht mehr, was sie sich noch einfallen lassen soll.«

Ein Schweigen trat ein, das Octave in die Länge zog, ehe er dann bemerkte:

»Hör zu, Max. Wenn Marcel alles kaputt macht, mußt du dem vorbeugen. Das ist ungemein wichtig. Ein junger Hund, den man bei Gelegenheit nicht zurechtweist, kommt sich allmächtig vor, und dieses Gefühl macht ihm angst, ja, er dreht völlig durch. Verstehst du, was ich damit sagen will? Du mußt dir also unbedingt etwas überlegen, um ihm im Falle eines Falles klarzumachen, daß er zu gehorchen hat. Auf eine solche Situation mußt du vorbereitet sein, denn wenn das Malheur bereits passiert ist, ist es zu spät, richtig zu reagieren. Haben wir uns verstanden?«

»Ja, doch ...«

»Du hast jetzt zwei Möglichkeiten. Entweder du sagst mir morgen, was du heute abend ausgetüftelt hast, oder aber du suchst mich morgen auf, und wir sprechen das gemeinsam durch ... Das liegt ganz bei dir.«

Auf diese Weise also schickte sich Octave an, seine Liebe zu Jeanne auf die Probe zu stellen – nach einem aufmüpfigen Sohn zwang er ihr nun auch noch einen Hund im Haus auf. Aber da war noch etwas, was ihm nicht weniger zu schaffen machte: Bérénice, die siebenjährige Schwester von Max, hatte seit dem Verschwinden ihres Vaters angefangen zu stottern. Die fleißige Schülerin und ewige Klassenbeste verfiel in dumpfe Apathie, wenn sie ausnahmsweise einmal nur ein Gut erhielt. In einem Gespräch unter vier Augen auf dem Schulhof hatte Octave herausgefunden, daß Bérénice sich ihrer entzückenden Mutter gegenüber minderwertig fühlte, nichtswürdig, lächerlich sogar, weil sie derart stotterte (bei einigen Wörtern mußte sie drei-, wenn nicht gar viermal ansetzen!). Ihr mangelndes Selbstbewußtsein verbarg sie hinter hervorragenden schulischen Leistungen, kompensierte es mit guten Noten. Um ihr zu helfen, hatte Octave ihr ein Spiel namens *De-re* vorgeschlagen, das eigentlich dabei half, Javanesisch zu lernen und dessen Regeln er abgeändert hatte. In dieser Kindersprache wird jede Silbe dreimal wiederholt, wobei beim zweiten Mal der erste Buchstaben der Silbe durch ein *d*, beim dritten Mal durch ein *r* ersetzt wird – *ich will* wird somit zu *ichdichrich willdillrill*, was viel Geschick und damit Konzentration erfordert. Um sie aufzuheitern, hatte er in einem weniger verzwickten *De-re* losgeplappert, sich allerdings damit begnügt, die Silben lediglich zu verdoppeln.

»Sie zu verdreifachen«, hatte er gesagt, »ist für mich zu schwer. Ich hab darin weniger Übung als du. So weit bin ich noch nicht.«

Damit wertete er Bérénices Handicap zu einer beachtlichen Fähigkeit auf, und das machte er auch den Schülern klar, die, neugierig geworden, die beiden im Hof umringten und sich daraufhin ausgelassen und mit unterschiedlichem Erflog in *De-re* versuchten. Die Kinder wetteiferten miteinander, wobei es Bérénice schon bald zur Meisterschaft in diesem sonderbaren Javanesisch brachte – kein Wunder, wo sie doch in allem die Beste war! Als nächstes schlug Octave ihr eine noch zungenbrecherische Übung vor, ein Spiel, das ihr die einhellige Bewunderung der Klasse eintrug: in *De-re* immer nur das zweite Wort auszusprechen, was – so sein Hintergedanke – dazu führen sollte, daß Bérénice nicht mehr bei jedem zweiten Wort ins Stottern geriet. Auch diese Variante beherrschte sie nach kurzer Zeit, aber dann war Schluß. Rivière fiel nichts weiter ein, um ihre Blockade zu lösen.

Und so ergab es sich, daß er durch seine heimliche Liebe zu Jeanne auch ihre Kinder besser kennenlernte, sich darum bemühte, ihnen über ihre Schwierigkeiten hinwegzuhelfen, die sich auf ihren kummervollen Gesichtern abzeichneten. Trotz seiner aufgesetzten guten Laune jedoch vegetierte Octave mehr oder weniger vor sich hin, zurückhaltend wie er in seinen Bemühungen um die Frau seines Bruders war. Ganz ohne Zweifel litt er unendlich unter diesem Aufruhr der Gefühle, dieser nicht ausgelebten Leidenschaft, die ihn körperlich marterte. Jeanne war diejenige, die Rivière vorwärts trieb, sie war dieser schmale Grat, der eine Frau für einen Mann sein kann, der darauf brennt, ein schärferes Bewußtsein zu erlangen.

Jeanne andererseits nahm munter ab, und es enttäuschte sie, wenn sie bei sich zu Hause Abendessen veranstalte, zu denen er nicht erschien. Sie wollte ihn zur Rede stellen, nicht länger am Rande ihrer Begierde verharren. Am Ende ärgerte sie sich über ihre eigene Zurückhaltung und daß sie sich noch immer Hoffnungen machte, endlich ans Ziel ihrer Wünsche zu gelangen, diesen Rivière zu umarmen, der sie in Gedanken bereits besaß. Der Heißhunger auf Octave war ihr zur zweiten Natur geworden, die sie knechtete, der Auftakt zu allem Glück, mit einem Wort: unaufschiebbar.

Sie fürchtete sich nicht mehr vor der siebten Begegnung.

III

Ich bin verantwortlich für das, was ich fühle.

Jacques Salomé

Jetzt reicht's aber«, fauchte Jeanne, »ich habe es satt, Ihren Erwartungen zu entsprechen, ich denke nicht daran, noch länger meine eigenen Wünsche hintanzustellen. Und vor allem will ich endlich wissen, ob Sie Octave sind oder ob du Alexandre bist. Diese Ungewißheit ist unerträglich und lächerlich.«

»Sind Sie fertig?« erkundigte sich Rivière seelenruhig und brachte Jeanne damit völlig aus dem Häuschen.

»Von wegen!« explodierte sie. »Außerdem verlange ich, daß du ehrlich zu dir selbst bist und dir eingestehst, daß du mich begehrst.«

»Wie kommen Sie denn darauf, so etwas zu behaupten?«

»Hör auf! Dieses Glücksgefühl, das du mir vermittelt hast, diese Ängste, die du mir genommen hast, diese Freiheit – wenn das nicht Liebe ist, dann sind Worte Schall und Rauch!«

»Ich habe nichts getan, was Sie nicht selbst getan haben.«

»Irrtum«, sagte sie. »Du hast mich dazu angestachelt, und das weißt du genau. Und nun zu einem der beiden Punkte: Entweder du bist Alexandre und zurückgekommen, um mich zu lieben wie niemals zuvor, oder du bist Octave und ...«

»Weil Sie mich, wenn ich Alexandre wäre, weniger lieben würden?«

»Ich bin dir nicht mehr böse. Hör endlich auf mit diesem Versteckspiel.«

»Und wenn Alexandre morgen oder in einer Woche hier auftaucht?«

»Ich habe mich entschieden.«

»Ist Ihnen schon mal der Gedanke gekommen, daß ich, wenn ich Alexandre wäre, vielleicht gar keine Lust mehr hätte, er zu sein, und daß ich, sollte ich Octave sein, bei weitem nicht so liebenswert bin, wie Sie offenbar glauben?«

»Was willst du damit sagen?«

»Wenn Sie mich lieben – wen lieben Sie da?«

»Den, den ich begehre.«

»Meiner Meinung nach können Sie unmöglich den Mann lieben, der ich in Wahrheit bin. Ganz im Gegenteil!«

»Wieso?«

»Das werde ich Ihnen vielleicht in ... siebzehn oder achtzehn ... nein, in zwölf Minuten verraten. Gewähren Sie mir diese Zeit, mehr nicht.«

Und er entfernte sich in Richtung des Strandes, der sich unmittelbar vor der Schule erstreckte, einem verschlafen wirkenden Gebäudekomplex am Ufer, der Pazifikbrandung zugewandt, die ohne Unterlaß gegen diese Inselnase anrannte. Jeanne blieb zurück und rätselte über diese zwölf, nicht siebzehn oder achtzehn Minuten nach, und das lenkte ihre Aufmerksamkeit mehr auf die kurze Zeitspanne von Rivières Abwesenheit und weniger auf den eigentlichen Grund seiner Abwesenheit, nämlich ihren weiteren Fragen einen Riegel vorzuschieben, was ihm einen Aufschub einräumte, Bedenkzeit – noch war er unschlüssig, ob er seine Identität preisgeben sollte, schon weil er selbst nicht genau wußte, wer er gegenwärtig war.

Gedankenversunken stapfte er eine geraume Weile über den vom Dunst feuchten Sand. Über ihm dehnte sich ein schmutziggrauer Himmel, an dem sich Wolken drängten, die die Dämmerung beschleunigten und sich unheilverkündend zusammenballten, als Vorboten eines ausgewachsenen Zyklons. Wie sollte er Jeanne das Widersprüchliche seines scheinbar so ausgeglichenen Charakters enthüllen? Wie von seiner ihn quälenden Triebhaftigkeit sprechen und darüber, daß es ihm unendlich schwerfiel, seine Gefühle so in den Griff zu bekommen, wie er das wollte? Dennoch war er jetzt bereit, Jeanne reinen Wein über sich einzuschenken, und zwar so rückhaltlos, daß sie wahrscheinlich fassungslos sein würde, wenn nicht gar zu Tode erschrocken. Er wollte nicht mehr, daß sie einen anderen liebte als den, der er wirklich war, derart ambivalent, so anders als in ihren Wunschvorstellungen, zweifellos menschlicher, entsetzlich menschlich.

Er ging zurück zu Jeanne, die noch immer gedankenverloren vor der Schule saß, unter einem Flamboyant, der, seiner Blütenpracht von einem Wirbelsturm beraubt, traurig seine kahlen Zweige in die Luft reckte. Entschlossen, sich zu stellen – stimmte es denn, was er sagen wollte? Oder sollte das ein Manöver sein? –, lächelte Rivière zaghaft, setzte zu einer ersten Frage an, wobei er sich unvermittelt des Dus bediente:

»Wenn Alexandre den Frauen zu sehr zugetan gewesen wäre, hättest du ihn dann geliebt?«

»Ja.«

»Wenn er ständig von allen möglichen Überzeugungen hin- und hergerissen worden wäre und den jungen Mädchen, die genau wissen, was sie wollen und intuitiv handeln, nicht hätte widerstehen können? Wenn er allzu empfänglich gewesen wäre für die schier unglaubliche Begierde der Frauen – hättest du ihn dann in deinem Leben geduldet?«

Mit einer Inbrunst, die sie verstörte, ließ sich Octave über die maßlose Zuneigung Alexandres zu diesen Geliebten aus, die ihn mit dem Sublimen vertraut gemacht hätten, ihm dadurch, daß sie seinen Körper aufbrachen, gewissermaßen eine Seele geschenkt, ihn sich weniger als Versager hätten fühlen lassen, diese Frauen, die dadurch, daß sie ihn begehrten, ihn in seinen eigenen Augen aufgewertet, durch ihre mitreißenden Zärtlichkeiten erhöht, seine Lebensgeister geweckt hätten. Dem Vernehmen nach – nur: wie konnte Octave über das, was in seinem Bruder vorging, so genau Bescheid wissen? – hatten Alexandre diese Begegnungen unendlich glücklich gemacht, in einen Rausch versetzt, in diesen Zustand der Schwerelosigkeit, den man nur erreicht, wenn einen eine Frau ganz ungeniert begehrlich ansieht, mit funkelnden Augen, und einen Hals über Kopf in ein Märchen eintauchen läßt, das einen für alles entschädigt; diese Lust war mehr als ein Zeitvertreib und Alexandres einziges Mittel, um seine Abscheu zu überwinden, nicht mehr als er selbst zu sein, derart verstümmelt, sobald er von den Frauen nicht beachtet wurde.

»Alexandre war nicht so.«

»Doch«, sagte er und ließ plötzlich seinen neuseeländischen Akzent fast vollständig fallen, so daß nur noch eine Spur von Englisch in seinem Tonfall anklang.

»Woher willst du das wissen?« fragte sie, verblüfft über diesen durch nichts angekündigten Wechsel des Idioms.

»Ich bin Alexandre.«

»Wie bitte?«

»Ich bin dein Mann.«

Jeanne war wie vor den Kopf geschlagen. Sie brachte kein Wort heraus. Schließlich lächelte sie und wiederholte, was er gesagt hatte und was ihr entweder wie eine Art Waffenstillstand oder aber eine Farce vorkam:

»Du bist Alexandre ... Und ich soll das glauben?«

»Aber ja doch, und ich bin genau so, unendlich frei. Ich bin dieser Mann, der die Frauen so liebt, wie man sie nur lieben kann!«

»Wenn du Alexandre bist, wäre alles, was du da gesagt hast, falsch.«

»Wieso?«

»Weil das nur Worte sind. Die Tatsachen beweisen das Gegenteil.«

»Welche Tatsachen?«

»Du bist hier ... stehst vor mir, bist meinetwegen zurückgekommen. Daß du polygam veranlagt bist, bezweifle ich nicht, aber daß du diese Neigung auslebst, nehme ich dir nicht ab! Außerdem ...«

Jeanne lachte laut auf, weil der leichte Akzent die Beichte noch unglaubwürdiger machte. Von Alexandre war sie ein geschliffenes Pariser Französisch gewöhnt, ohne auch nur mit einem Anflug von Englisch verbrämt; außerdem waren da noch die Ohren, die ein wenig weiter abstanden als die von Alexandre.

»Octave, laß es gut sein«, sagte sie.

»Ich bin der Vater von Max und Bérénice und derjenige, der seine Rückkehr mit einer Postkarte angekündigt hat.«

»Wenn du Alexandre bist, warum bist du überhaupt zurückgekommen?«

»Deinetwegen ... das ist die Wahrheit.«

»Warum hast du dich dann als Octave ausgegeben?«

»Ihm hast du Beachtung geschenkt. Octave, das war ich ohne meine negativen Seiten, ich in neuer Form, ich als ein anderer für dich, verändert, imstande, dich diejenige sein zu lassen, die du bist, ich, wie zu sein ich bisher nicht in der Lage war. Ich, dem du wiederbegegnet bist ...«

»Warum hast du mich dann gemieden?«

»Wenn wir miteinander geschlafen hätten, hätte mich dein Körper erkannt.«

»Außer der Ähnlichkeit hast du nichts mit Alexandre gemein.«

Rivières Miene verriet Betroffenheit darüber, nicht ernstgenommen zu werden. War dieser Gesichtsausdruck gespielt, einstudiert? Hatte er bei seinen Ausführungen absichtlich diesen Akzent anklingen lassen? Jedenfalls war es schwierig, sich vorzustellen, dieser Tonfall habe sich unbewußt mitgeteilt, ausgerechnet bei ihm, der derart darauf erpicht war, auf Kleinigkeiten zu achten, durch die man sich verrät. Nur daß Jeanne dummerweise nicht die Geistesgegenwart besaß, sich das klarzumachen. Rivière ließ ihr auch gar keine Zeit dazu, sondern nutzte ihre Verwirrung dazu aus, das Spiel, das er seit seiner Ankunft in Port-Vila trieb, fortzusetzen:

»Wenn du mich liebst, wen liebst du dann?«

»Dich.«

»Nein. Du findest es gräßlich, daß ich ein Faible für

Frauen habe, ein Faible, das bei mir mehr ist als eine zweite Natur, fast ein zweites Ich, um einiges ehrlicher als das erste, dessen Inkonsequenz das einzig Konsequente ist. Begreifst du denn nicht? Ich begnüge mich nicht damit, Frauen nachzugieren, ich bin diese Gier, diese Leidenschaft, die mich prägt, meine wahre Identität ausmacht, so schrecklich das auch sein mag. Aber ich kann nichts dagegen tun. Mein Leben ist auf Liebe ausgerichtet, mich mit weniger zu begnügen legt mich lahm, trocknet mich aus, läßt mir den trägen und so schwer zu ertragenden Alltag zur Hölle werden. Jeanne, du liebst das Bild, das du dir von Octave gemacht hast, ein Trugbild in bunten Farben – nicht mich! Ich dagegen bin auf der Suche nach erfüllter Liebe, in die ich mein wahres Ich einbringen kann und in der ich als solcher anerkannt werde, nicht als ein friedfertiger Krüppel, nicht als ein allem entsagender Ehemann, nein, als das, was ich bin, ein ausgemachter Schürzenjäger, wie ihn im Grunde keine Frau akzeptieren kann und der in Alexandre einen Störenfried sieht, den er nicht um sich haben will.«

»Wie soll's dann jetzt weitergehen?«

»Wenn du mich liebst, möchte ich, daß du mich rückhaltlos liebst! In meiner armseligen Wahrheit! Mich, der ich bestürzt bin, dich derart enttäuscht zu haben! Sieben Jahre lang habe ich mich geschämt, für dich nichts weiter als Alexandre Rivière zu sein. Ich war tief gekränkt, daß du frustriert von mir warst, daß ich deine Gefühle nicht so zu erwidern vermochte, wie du das verdient hättest, daß ich deinen Unmut nicht zu deuten verstand und nicht in der Lage war, das Feuer deiner Leidenschaft auf mich überspringen zu lassen. Statt dessen habe ich mich immer von dir ausgegrenzt gefühlt, wenn ich deine Temperamentsausbrüche überdachte, deine subjektiven Urteile, die mir absurd erschienen, was wiederum für dich eine maßlose Selbstbestätigung war. Du kamst mir auf einmal so weltfremd vor, so verbohrt in deine Ansichten, deiner Wut ausgeliefert, wenn du dir einbildetest, nicht respektiert zu werden; oft reichte schon eine Lappalie, um dich völlig die Beherrschung verlieren zu lassen, und dann erwartetest du von mir, daß ich klein beigebe, daß ich dir mit bedingungslosem Verständnis den umfassenden Beweis meiner Liebe erbringe, was natürlich unmöglich war, es sei denn, ich wäre ebenfalls wahnsinnig geworden, hätte meinen Rest an gesundem Menschenverstand über Bord geworfen. Und mitten in all diesem Elend steckte ich, klein und erbärmlich, völlig geknickt, die Ursache deines Kummers zu sein! Es ist schrecklich, jemanden zu enttäuschen ...«

»Wovon sprichst du eigentlich?« fragte sie, als wäre er Alexandre.

»Für Malaysia«, fuhr er noch immer mit diesem angedeuteten neuseeländischen Akzent fort, »hatten wir per Katalog und auf deinen Wunsch hin ein schnuckeliges Hotelzimmer gebucht, und als wir dort ankamen, hat uns der Manager ein anderes, nicht weniger hübsches zugewiesen. Du hast das sofort als Respektlosigkeit dir gegenüber ausgelegt. Du bist schließlich sogar ausgerastet, weil ich, glücklich darüber, endlich am Ziel zu sein, völlig ruhig blieb und nicht in dein Zetern einstimmte. Ich, der ich mit dir nach Malaysia geflogen war, um dort unserer Liebe zu leben, hatte mich, kaum daß die Koffer abgestellt waren, in deinen Augen einmal mehr als Versager erwiesen, derart unfähig, dich, die du so schwer zu ergründen bist, zufriedenzustellen und an einem Strang mit dir zu ziehen.«

Rivière brachte seine vielfache Entmutigung zur Sprache, derart überdrüssig war er es, von Jeanne ständig für unzulänglich befunden worden zu sein, ihr zu wenig Zeit eingeräumt zu haben, ihren ausschweifenden Gelüsten zu wenig entgegengekommen zu sein, niemals sicher vor weiteren Vorwürfen. Wenn er sich herausgenommen habe, abends im Bett noch ein paar Seiten eines Romans zu lesen, sei das prompt so ausgelegt worden, daß er sich vor einem Gespräch habe drükken, ja jeglicher Intimität zwischen ihnen habe vorbeugen wollen. Sei er einmal früher nach Hause gekommen, wäre das für sie ein Beweis gewesen, daß er das bereits häufiger hätte tun können. Habe er eine Entscheidung getroffen, ohne vorher ihren Rat einzuholen, sei ihm das als Unterminierung ihrer Ehe ausgelegt worden, um deren Fortbestand angeblich nur sie sich bemüht habe. Und wenn er Mitgefühl für eine Unpäßlichkeit zeigte, dann habe sie sich gefragt, warum er das nicht schon früher getan habe und zum Beispiel über ihre angeborene Schwerhörigkeit hinweggegangen sei.

Auch der Schmerz darüber, niemals als der geliebt worden zu sein, der er war, sondern als derjenige, zu dem zu werden sie von ihm erwartet habe, brach aus Rivière heraus; daß sie ihn stets habe spüren lassen, sie ertrage seine Fehler nur in der Hoffnung auf ein morgen, wenn er endlich liebenswert sei, nach ihren genauen Vorstellungen umgekrempelt und in der Lage, sich ihrem Rhythmus anzupassen. Mit ihren ständigen Forderungen und Ansprüchen habe Jeanne ihre Liebe von einem Reifegrad abhängig gemacht und dessen Kriterien nach ihrem Gutdünken festgelegt. Eine unvollkommene Beziehung sei für sie nicht hinnehmbar gewesen. Ihr Hunger nach dem Grenzenlosen habe ihn daran gehindert, sich zu entfalten; es sei ihm vorgekommen, als habe sie es darauf angelegt, ihn zu quälen, das Maß seines Kummers voll zu machen, außer sich zu geraten, wann immer sie sich nicht beachtet fühlte. Er sei es schließlich leid gewesen, sich von ihr vorwerfen zu lassen, ihre sakrosankte Wahrheit in Abrede zu stellen und sich ständig anhören zu müssen, er wolle ihr ein Glück nach seinen Vorstellungen aufzwingen. Vor allem sei er verzweifelt gewesen, nicht mehr zu wissen, wie er sie von sich selbst befreien konnte.

»Octave«, schloß er, »verstand es, so etwas mit dem nötigen Geschick zu handhaben, aber er lebte nicht mit dir zusammen. Ein Versager zu sein ... diesem Gefühl war er nicht ausgesetzt ... und auch ich möchte nicht mehr als Versager angesehen werden, hörst du? Nichts soll uns daran hindern, glücklich zu sein!«

»Wie fangen wir das an?« fragte Jeanne kleinlaut, erschüttert von diesem haarsträubenden Geständnis.

»Ich akzeptiere es, Alexandre zu sein ...«

»... ohne mich«, hörte sie sich antworten. »Du hast recht, ich bin mir nicht sicher, ob ich den liebe, der du wirklich bist.«

»Ich stelle fest, daß du plötzlich wütend bist, und ich frage mich, ob dein Zorn sich gegen Octave richtet oder gegen Alexandre und ob du dich eines Tages dazu aufraffen kannst, den zu lieben, der ich bin. Damit das passiert, mußt du mir wohl noch eine Weile zürnen, wie lange, ist egal, obwohl ... Eigentlich will ich gar nicht, daß sich deine Wut zu schnell legt, denn deine Entscheidung wäre dann, wie du mir beipflichten wirst, nicht ganz ehrlich. Natürlich macht diese Hypothese jetzt, da wir miteinander reden, keinen Sinn, noch nicht, das weißt du so gut wie ich. Aber es ist nicht auszuschließen, daß du über das, was dich heute in Rage versetzt, einmal gründlich nachdenken und dann vielleicht verstehen wirst, was mich bewegt, und dann kommt es darauf an, ob du das akzeptieren kannst oder nicht. Mir geht es vor allem darum, nichts zu überstürzen. Also sei ruhig weiterhin böse auf mich ... einige Wochen lang.«

»Und die Kinder? Was willst du ihnen sagen?«

»Für wen hältst du mich?«

»Für Octave.«

»Wenn es dich beruhigt, werde ich auch für sie weiterhin Octave sein. Lassen wir uns Zeit. Auf Wiedersehen, Jeanne.«

Damit und nicht ohne Gefahr gelaufen zu sein, seine Identität vollends preiszugeben, verabschiedete sich Rivière. Er brach auf in dem Bewußtsein, daß eine Liebe ohne Verletzungen zu nichts führt. Jeannes Reaktion hatte ihn nicht verunsichert; noch immer hörte er ihre Stimme, nicht aber, wovon sie sprach, von ihren grundlegenden Bedürfnissen, auch nicht von den so vergänglichen Schaumkronen ihrer Sehnsüchte.

Jeanne blieb verdutzt zurück, überwältigt von diesem Gespräch, hin- und hergerissen von diesem so schwer zu durchschauenden Mann. War er nun Octave oder doch Alexandre? Ihr Herz schlug für Octave und weckte in ihr den Wunsch, Alexandre wäre im Pazifik verschwunden, um diesem Mann Platz zu machen, der sie derart aus dem Gleichgewicht brachte. Gleichzeitig aber erkannte sie, daß dieser Rivière, falls er doch der

Vater von Max und Bérénice war, ihr eben eine wunderschöne Zukunft in Aussicht gestellt hatte, eine Zeit grenzenloser Liebe, wie sie nur die ersinnen können, deren Sehnsucht grenzenlos ist. Hinzu kam, daß das, wovon Alexandre träumte, sich genau mit ihren Wunschvorstellungen deckte. Auf höchst romantische Weise hatte er sich offenbart, ganz ohne die üblichen Tricks, derer sich Männer und Frauen sonst bedienen, sondern ernüchternd edelmütig und dabei so verrückt nach ihr, daß sie all die Verbitterung hinunterschluckte, vor deren äußeren Spuren sie ein gnädiges Schicksal bewahrt hatte. Kein Wunder, daß sie völlig durcheinander war.

Bis sie plötzlich feststellte, daß sie ihren Verstand wohl völlig verloren haben mußte, einen Mann abblitzen zu lassen, der sie derart fesselte, der so eingenommen von ihr war, ein Wahrheitsfanatiker durch und durch, der es in der Hand hatte, den ständigen Kompromissen zwischen ihnen ein Ende zu bereiten, aus Liebe zu ihr aus seiner Haut zu schlüpfen, sich vorübergehend in Luft aufzulösen, um ihr nachdrücklicher zu ihrer Wiedergeburt zu verhelfen. Tief gerührt von dem Ausmaß seiner Leidenschaft rannte sie ihm nach und rief ihn zurück:

»Alexandre!«

Dieser Name war ihr unwillkürlich entschlüpft. Jetzt war ihre Kehle wie zugeschnürt. Rivière wandte sich um, während Jeanne auf ihn zukam, einzig und allein in dem Wunsch, ihn zu umarmen und mit Zärtlichkeiten zu überschütten. Überrascht ließ er es zu, und ihr spontaner Kuß erinnerte an einen ersten Kuß unter einem wolkenlosen Himmel. Er hatte nichts von einer gewohnheitsmäßigen Umarmung an sich, nein, denn da auch Rivière sich nicht länger zurückzuhalten vermochte, war zwischen ihnen unausgesprochen Sublimes, das Bingo urplötzlich erwachter Lust, der überbordenden Ekstase, der nichts mehr im Wege stand. Rivière vergaß für einen Moment seine sich selbst auferlegte Zurückhaltung, gewann dann aber sofort seine Fassung zurück und erwies sich als Stratege, als Jeanne flüsterte:

»Komm ... gehen wir ins Haus.«

»Findest du es nicht angebrachter, noch eine Weile böse auf mich zu sein? Wir sollten uns Zeit lassen.«

»Komm ...«

»Gib dich nicht zu schnell mit dem zufrieden, was ich gesagt habe ... Ich bestehe darauf, daß du deinem Unmut Luft machst.«

Rivières Reserviertheit bestärkte Jeanne nur darin, ihren Groll über sein Geständnis ein für allemal zu vergessen; und als für sie feststand, daß sie bereit war, ihm, Alexandre, ihre Liebe zu schenken und nicht einem verführerischen Trugbild, zügelte er ihre und seine Leidenschaft, indem er sie an die baldige Rückkehr von Max und Bérénice erinnerte. Er war sogar klug genug, Jeannes Verlangen dadurch zu schüren, daß er es scheinbar erstickte. Daß er plötzlich derart auf Abstand zu ihr ging, forderte sie heraus, ihn um so stürmischer zu begehren.

»Und heute nacht«, sagte er, »in unserer ersten gemeinsamen Nacht, darfst du mir keinesfalls zu nahe kommen. Wir werden Seite an Seite schlafen, völlig unempfänglich füreinander. Ich möchte nichts überstürzen ... nicht in unsere alten Gewohnheiten verfallen. Und nimm es mir bitte nicht übel, wenn ich den Abend über wie bis vor kurzem vermeide, dich anzusehen, denn sonst könnte es sein, daß ich es nicht schaffe.«

»Was nicht schaffst?«

»Einen kühlen Kopf zu bewahren! Schließlich ist das heute unsere siebte Begegnung. Und verzeih mir, aber da ist noch etwas, was ich dir sagen möchte, etwas, das mich stört ...«

»Was denn?«

»Früher, wenn wir uns liebten, bestand ich darauf, daß das im Dunklen zu geschehen hätte, weil ... mir das half.«

»Wobei?«

»Mir vorzustellen, daß ich eine andere in den Armen halte. Das hat mich sexuell erregt. Verstehst du, warum ich nicht wieder in alte Gewohnheiten verfallen möchte? Aber sprechen wir nicht mehr davon ...«

Empört nahm Jeanne dieses Geständnis zur Kenntnis, das sie in ihrem Stolz mehr verletzte, als sie sich anmerken ließ, das sie aber auch mit einem Schlag von ihrer früheren Manie heilte, sich ihrem Mann nur im Dunklen hinzugeben. Sie war es doch gewesen, die stets darauf bestanden hatte, das Licht zu löschen, um sich ihm nicht nackt zu zeigen, ihre perlmuttschimmernden Formen zu enthüllen, die sie als unvollkommen ansah, diesen Körper, dessen sie sich unweigerlich so sehr schämte, daß sie vorgegeben hatte, sich nicht ausreichend entspannen und ihren Gefühlen überlassen zu können, wenn der Raum nicht abgedunkelt war. Rivière jedoch hatte diese Behauptung stets angezweifelt, weshalb er jetzt zu einer neuen List gegriffen und sich zu dieser Lüge verstiegen hatte, um Jeanne herauszufordern, noch am selben Abend alle Hüllen fallen zu lassen.

Für ihn hieß das, sie während des Abendessens indirekt davon zu überzeugen, daß sie stolz auf ihren reizvollen Körper sein und endlich auch voll und ganz dessen Wirkung auskosten könne, etwas, was sie sich niemals erlaubt hatte.

Wenn sie mit ihm geschlafen hatte, hatte sie sich immer Zurückhaltung auferlegt, in der Hoffnung, von ihm zum Höhepunkt ihrer Sinnenlust geschaukelt zu werden. Daß ihr Liebesspiel viel zu schnell über die Bühne ging, hatte sie in ihrer Spontaneität gebremst. Aus Angst, sich wie ein brünstiges Weibchen aufzuführen, hatte sie nach und nach die Lust verloren, ihre sexuelle Gier zu stillen. Ihre erotischen Anwandlungen waren auch dadurch auf ein Minimum reduziert worden, daß Alexandre meist derjenige war, der auf Vereinigung drängte, ohne die geringste Initiative ihrerseits. Jeanne hatte es als beleidigend empfunden, daß ihre Verführungskünste so gar nicht erwünscht oder nötig waren und Bemühungen ihrerseits so gut wie gar keine Rolle spielten. Kaum wagte sie eine zärtliche Geste, einen zaghaften Annäherungsversuch, brach bei ihm bereits das ganze Ausmaß sexueller Gier durch, während Jeanne sich verkrampfte, anstatt sich ebenfalls gehen zu lassen, anstatt ihm ihr Vertrauen und gleichzeitig ihren hinreißenden Körper zu schenken, hatte sie sich zurückgehalten, was zugegebenermaßen der Sinnenlust abträglich ist.

Für all diese Frustrationen fühlte sich Alexandre mehr als verantwortlich; er erging sich in heftigen Vorwürfen, daß seine einst so vielversprechende Liebe Jeanne alles andere als glücklich gemacht hatte – für ihn Grund genug, die beiderseits neu entflammte Sinnenlust nach Kräften anzuheizen. Ab sofort wollte er sich in Zurückhaltung üben und ihr dadurch Gelegenheit geben, eine andere zu sein. Er wollte sich nicht mehr damit begnügen, Jeanne zu lieben, sondern alles tun, damit sie mehr Freude daran hatte, ihn zu lieben, und für diese Verrücktheit all sein Verlangen nach ihr mobilisieren. Dergestalt mußte wahre Liebe sein, eine Liebe, die den anderen nicht mehr enttäuschte und die so anders war als die unbeschwerten Zärtlichkeiten mit zwanzig und aus der Sicht der Frau obendrein weitaus befriedigender.

Das war's«, schloß Alexandre. »Wir haben es gewußt!« trumpfte Max auf. »Von Anfang an«, überbot ihn Bérénice.

So reagierten die Kinder, als man ihnen sagte, daß Octave ihr Vater sei und sich als Onkel ausgegeben habe, um ihre Mutter versöhnlich zu stimmen und das gemeinsame Leben wieder aufzunehmen. Beim Abendessen im Familienkreis wurde viel gescherzt, als wäre die Geschichte mit dem falschen Zwilling nichts weiter gewesen als ein kurzes Zwischenspiel. Als Max zur allgemeinen Belustigung auf ein paar praktischen Erläuterungen bestand, wirkte Alexandre in seinen Ausführungen durchaus überzeugend:

»Octave existiert wirklich. Ich habe ihn in Auckland wiedergetroffen, wo er als Französischlehrer tätig war. Die Polizei hat für mich seine Adresse ausfindig gemacht. Er sieht fast so aus wie ich, wie ich gern aussehen würde, und er spricht mit einem englischen Akzent, der ein wenig auf mich abgefärbt hat. Wir waren ein Jahr zusammen, dann ist er nach Südindien aufgebrochen.«

Den weiteren Verlauf der Geschichte trug er flüssig vor, fast so, als hätte er ihn auswendig gelernt, und seine Erzählung war mit einer Fülle von Details gespickt, die sich fast schon zu perfekt mit dem deckten, was die Polizei herausgefunden hatte. Alexandre gab zu, daß die beiden Brüder sehr wohl überlegt hätten, ihre entgleisten wie verkorksten Leben zu tauschen, aber bei dieser reizvollen Vorstellung im Verlaufe eines durchzechten Abends sei es geblieben.

Die ganze Zeit über war Rivière darum bemüht, Jeanne nicht anzusehen, um seinem Vorsatz folgend seine Emotionen unter Kontrolle zu halten. Was wiederum bei ihr die erhoffte Wirkung zeigte, signalisierte er ihr damit doch eindeutig seine Bereitschaft, sich von diesem alles andere als widerspenstigen Frauenkörper verführen zu lassen. Entsprechend unwiderstehlich kam Jeanne sich mit einemmal vor, ungeheuer aufreizend, und indem er sie ständig, wenn auch indirekt, seine Verehrung spüren ließ, fühlte sie sich darin auch bestätigt. Diese meisterliche Galanterie ohne Fehl und Tadel erstaunte sie um so mehr, weil Alexandre mit seinem ungehobelten Benehmen niemals zu dergleichen fähig gewesen war. War ihr Glas fast leer, dann schenkte er ihr diskret nach, um ihre Aufmerksamkeit abzulenken. Wenn sie ein Luftzug störte, schloß er beim ersten Zusammenzucken und noch ehe ihr selbst bewußt wurde, daß sie fröstelte, das Fenster. Wenn er sich ihr zuwandte, richtete er seine Worte nur an ihr linkes Ohr. Er war umsichtig, zuvorkommend und von einer so unaufdringlichen Aufmerksamkeit, daß sie dies als angenehm empfand, und es freute sie, daß er ihre Wünsche erriet, Verständnis zeigte und ihr zuhörte. Selbstredend hatte er eine köstliche Mahlzeit zubereitet; er hatte den Tisch besonders hübsch gedeckt und Kerzen hingestellt, um ihren zarten Teint nicht einer zu grellen Beleuchtung auszusetzen. Er ließ nicht zu, daß sie sich auch nur für eine Sekunde erhob, gab ihr immer wieder durch die Blume zu verstehen, wie entzückend sie aussah, um auch den letzten ihrer Zweifel auszuräumen, nicht attraktiv zu sein.

Obwohl er sich als Alexandre ausgab, konnte Rivière es nicht lassen, Octave zu sein. Auf unnachahmliche Weise verstand er es, einer Frau dafür zu danken, daß sie ihm half, sich mit dem Leben anzufreunden, seine Begeisterung für dessen ungeahnte Vielschichtigkeit zu wecken; Jeanne, die seine Berauschung verursachte, holte ihn heraus aus einem inneren Stillstand, der sich in Wohlgefallen auflöste. Was sich zwischen ihnen abspielte, war keine Belanglosigkeit, sondern vielmehr der Versuch, den tiefwurzelnden Verdruß zu überkommen, durch und durch jämmerlich und alltäglich, nicht mehr als er selbst zu sein.

»In Neuseeland«, erzählte er, an die Kinder gewandt, »gibt es einen Volksstamm, den wir dem Aussehen nach eher als häßlich bezeichnen würden, bei dem ich aber dennoch die hinreißendsten Frauen angetroffen habe. Und wißt ihr, warum? Weil die Männer dort zu schätzen wissen, was eine Frau ausmacht, und das wiederum gibt den Frauen das Selbstbewußtsein, strahlend schön zu sein! Die Frauen dort wissen sehr wohl um ihre mit nichts zu vergleichende Schönheit. Dort unten ließe sich ein Mann nicht von der Augenfarbe eurer Mutter verunsichern oder von ihren anmutigen Schultern ...«

»Um so mehr wohl von meinen Knien«, warf sie lächelnd ein, und ihr Tonfall verriet, daß sie über ihre Beine nicht eben glücklich war.

Nach dem Essen zog Max mit seinem Vater zum Strand, um mit Marcel herumzutollen und seine Erziehungskünste unter Beweis zu stellen. Seit das lebhafte Hündchen sein Leben und sein Zimmer durcheinanderbrachte, hatte sich Max verändert. Er machte zwar noch immer keinerlei Anstalten, seine schulischen Leistungen zu verbessern, doch zu Hause war er umgänglicher geworden. Kein Wunder: Marcel hielt ihm deutlich vor Augen, was er in der Vergangenheit seiner Mutter zugemutet hatte. Dadurch, daß sich Max um den kleinen Hund kümmern mußte, konnte er immer besser nachempfinden, was Jeanne zu schaffen machte; er wußte inzwischen, wie entmutigend es war, immer wieder neue Schandtaten aufzudecken, und wie leid man der ewigen Strafpredigten wurde. Und weil es ihm nicht gelang, diesen jungen Hund davon abzuhalten, alles zu verwüsten, hatte er begriffen, was es hieß, enttäuscht zu sein, und wie mühsam es war, Verantwortung zu tragen. Er hatte sich nach und nach mit der Idee angefreundet, etwas höflicher zu sein, widersetzte sich nicht länger Jeannes Anweisungen. Den Trotzkopf hatte er sich fast gänzlich abgewöhnt. Dafür bekam jetzt sein Hund die Strenge zu spüren, mit der seine Mutter ihn vergebens zu bändigen versucht hatte. Rivière war es gelungen, den Kreislauf der Rebellion zu durchbrechen.

»Marcel ist viel ungezogener als ich!« befand Max.

»Mag sein.«

»Wenn ich ihn im Zimmer einsperre, zerfetzt er alles.«

»Dagegen kann man dreierlei tun«, sagte Alexandre.

Damit reckte er sich und marschierte auf das Ufer zu. Er ließ Max Zeit, darüber nachzudenken, was er wohl vorschlagen würde, schon weil er wußte, daß zu viele Worte den Zuhörer nur erdrücken. Am Rande des Ufers blieb er stehen.

»Was denn?« fragte der kleine Junge.

»Du könntest Marcel einen Maulkorb verpassen. Ich besorge dir gern einen. Oder aber du zerreißt selbst ein paar von deinen Sachen, bevor du ihn in dein Zimmer sperrst, dann erlebst du keine böse Überraschung, weil das Unglück schon passiert ist ... Oder aber du vertraust Marcel für eine Weile mir an, damit ich ihm gewisse Dinge beibringe. Gelegentlich braucht man nun mal einen Vater. Antworte mir nicht, nicht sofort, vielleicht morgen, wenn du willst.«

An diesem Abend schlief Max beruhigt ein.

Bérénice dagegen wirkte, als sie zu Bett ging, nervös, stotterte vor sich hin, bis der Schlummer sie übermannte. Nachdem Jeanne das schützende Moskitonetz über dem Bett ihrer Tochter arrangiert hatte, gab sie Alexandre indirekt zu verstehen, daß es jetzt an der Zeit war, sofort das Schlafzimmer aufzusuchen. Rivière mußte unwillkürlich schmunzeln. Dieser Heißhunger nach ihm, seine provokante Männlichkeit, die Jeanne ganz eindeutig animierte, auch wenn sie dies zu verbergen suchte, ließen ihn köstliche Stunden erahnen; und doch wollte Alexandre vermeiden, sich ganz auszuliefern, und hatte vor, den Abend bei stets gefüllten Gläsern in die Länge zu ziehen. Da er Jeanne mit seinem Geständnis, er zöge es vor, bei ihren Liebesspielen das Licht zu löschen, um sich dann besser eine andere Frau vorstellen zu können, zweifelsohne verprellt hatte, lag es an ihm, sie dazu zu bringen, sich nackt zu zeigen, sie von sich aus zu dieser Sinnlichkeit finden zu lassen. Um wirklich Gefallen daran zu finden, brauchte sie ein starkes Selbstbewußtsein, mußte sie sich zu ihrem Körper bekennen, aber auch zu der Frau, die in diesem Körper steckte und vermutlich vor Minderwertigkeitskomplexen verging, weil sie sich als häßlich empfand. Das Bild, das sie sich von ihrem Äußeren gemacht, diese Skizze, die sich in ihrem Kopf eingenistet hatte, galt es vorsichtig zu retuschieren, um es Jeanne leichter zu machen, nicht weiterhin das kleine Mädchen zu sein, zurechtgewiesen vom gestrengen Blick einer überaus kritischen Mutter, die nicht duldete, vom Liebreiz ihrer Tochter ausgestochen zu werden. Alexandre ertrug es nicht länger, daß Jeanne, seine Jeanne einfach nicht von ihrer Vergangenheit loskam und dieser Hölle von einst verhaftet war. Es war nicht ihr nackter Körper, den er endlich sehen wollte, sondern die Freude seiner Frau, sich unverhüllt zu zeigen, dieser triumphale Sieg über die gräßliche Rose.

»Ich möchte wissen, warum das Licht dich jahrelang daran gehindert hat, dich beim Liebesakt zu entspannen«, sagte er unvermittelt. »Waren etwa die Glühbirnen in den Lampen zu stark? Irgendwo habe ich gelesen, daß zu grelles Licht Substanzen freisetzt, die die Libido beeinträchtigen ...«

»Schon möglich ...«

»Ja, bestimmt war es das. Eine andere sinnvolle Erklärung kann ich mir nicht vorstellen.«

Noch eine Zeitlang erging sich Alexandre in dieser Hypothese, bis Jeanne überzeugt war, daß er glaubte, das Licht störe sie tatsächlich und hemme ihre Lust – während er in Wahrheit der Tochter von Rose einen Vorwand liefern wollte, um es ihr leichter zu machen, den wahren Grund, den vorzubringen sie offenbar nicht wünschte, zu verschweigen. Was sie auch unter allen Umständen getan hätte! Jeanne konnte sich also verhalten wie ehedem, was sie denn auch tat und damit kam sie, ohne sich dessen bewußt zu werden, den versteckten Aufforderungen von Alexandre nach. Schon dadurch, daß sie Rivières Version in Sachen Licht oder nicht gelten ließ, war eine Rechtfertigung ihrerseits nicht nötig; sie faßte Zutrauen, weil sie sich nicht mehr unter Druck gesetzt, sondern angesichts dieses unstrittigen Alibis in Sicherheit fühlte.

»Nun denn«, nahm er das Gespräch wieder auf, »ich kann mir vorstellen, daß du es als sehr störend empfindest, wenn beim Zubettgehen sämtliche Lampen im Schlafzimmer an sind. Zumal deine helle Haut das Licht noch intensiver reflektiert als eine dunkle. Hast du noch nie daran gedacht?«

»Meinst du wirklich?«

»Der gründlichen Studie zufolge, die ich gelesen habe, ja. Dabei weiß ich gar nicht mehr, ob deine Haut hell ist oder von der Sonne gebräunt. Da läßt mich meine Erinnerung ein wenig im Stich.«

Ohne daß Rivière auf das heikle Problem des Entkleidens zu sprechen gekommen war, stellte sich Jeanne ihren nackten Körper vor, ihre weichen Kurven, überlegte, was davon in diesem Land, in dem alles von der Sonne versengt wurde, weiß geblieben war. Er schürte diese Besinnung auf sich selbst nicht ohne Hintergedanken und wollte schließlich noch wissen, ob mit dem Sonnenbaden eine Veränderung ihrer Libido einhergegangen sei. Ob sie sich in den zwei Jahren seiner Abwesenheit den nackten Po habe bräunen lassen? Oder den Busen? Oder nur die Träger gelöst habe? Hatte sie im Badezimmer einen Dimmer angebracht, um bei gedämpftem Licht zu duschen? Oder einen dunklen Duschvorhang angebracht, um dadurch die Lichtreflexe von ihrer Haut abzuhalten? Jeanne war jedenfalls weidlich mit höchst intimen Überlegungen beschäftigt, die sie im Bewußtsein ihrer Nacktheit verharren ließen.

»Nein«, sagte schließlich. »Ich sehe da keinen direkten Zusammenhang.«

»Das ist normal.«

»Warum?«

»Die Studie weist auch darauf hin, daß Licht, wenn es auf den Körper fällt, einen gegenteiligen Effekt haben und das sexuelle Verlangen schüren kann. Das hängt von der seelischen Verfassung des Betreffenden ab. Erstaunlich, aber so ist es nun mal. Die gleiche Menge Licht stimuliert oder hemmt. Stimulierte Frauen wissen um die aufreizende Wirkung eines nicht ganz makellosen Körpers, wie erregend ein schwellender Busen und ausladenden Hüften sein können, und daß nicht wenigen Männern das Wasser im Munde zusammenläuft, wenn eine Frau ein paar Kilo zuviel hat, und daß ein kleines Bäuchlein ungemein weiblich wirkt ...«

Und ohne daß sie es merkte, fuhr er fort, sie zu beschreiben oder vielmehr neben den Vorzügen, derer sie sich bewußt war, auch die kleinen Unzulänglichkeiten, die ihr zu schaffen machten, lobend hervorzuheben, bis Jeanne schließlich zu der Überzeugung gelangte, daß ihr Körper, so wie er war, fraglos seine Reize hatte, eine Erkenntnis, die sie verstörte, weil sie derlei noch nie bedacht hatte. Um sie zu zwingen, ihre Figur nicht länger mit der anderer Frauen zu vergleichen, sagte er jetzt:

»Licht kann auf eine gehemmte Frau durchaus stimulierend wirken, ganz plötzlich sogar, wenn sie nämlich merkt, daß der Mann, der sie liebt, sie nicht mit anderen Frauen vergleicht ... nur Augen für sie hat. Damit sich aber ein solcher Umschwung nicht bei dir einstellt, zumindest nicht zu schnell, weil sich momentan schon zu vieles in deinem Leben ändert, möchte ich nicht, jedenfalls nicht gleich, daß du mir sagst, was dir an deinem Körper mißfällt.«

»Dazu habe ich auch gar keine Lust!«

»Das verstehe ich. Es ist völlig normal, daß du gewisse Dinge lieber für dich behältst. Es ist wohl auch besser, mir nicht zu verraten, welche Gedanken du dir machst. Während du hier im Sessel sitzt und ein Glas Wein trinkst, kannst du dir ja mal überlegen, worüber du, weil du dich genierst, nicht sprechen möchtest, und dann eben nur über Dinge reden, die dir am Herzen liegen. Einverstanden? Nur darüber wollen wir uns unterhalten! Darauf bestehe ich. Die Wahl des Themas bleibt dir überlassen.«

Diese Eröffnung gab ihr Sicherheit und brachte Jeanne dazu, nach und nach all die Makel zu benennen, die in ihren Augen ihrer äußeren Erscheinung abträglich waren. Von kleinen Unzulänglichkeiten kam sie allmählich auch auf Schönheitsfehler zu sprechen, die sie entsetzlich störten, gab, ohne es zu merken, alle Zurückhaltung auf, in der Annahme, sich jederzeit bremsen zu können.

»Etwas erstaunt mich«, warf Rivière unversehens ein. »Woher nimmst du dir eigentlich das Recht zu behaupten, ein Mann würde nicht sofort deine körperlichen Vorzüge erkennen, er würde dir – und ich spreche gar nicht von mir – zwangsläufig zuerst auf die Knie sehen und erst dann in die Augen? Für wen hältst du dich eigentlich, daß du zu wissen meinst, was andere tun? Jeder nimmt doch etwas anderes wahr, folgt seinen eigenen Kriterien, ob dir das paßt oder nicht. Schau mal her und sag mir, was du siehst ...«

Er hob die rechte Hand in Augenhöhe und deutete mit dem Zeigefinger zum nächtlichen Himmel jenseits der Fensterscheibe, an dem bereits die ersten Sterne funkelten.

»Ich sehe deinen erhobenen Zeigefinger«, antwortete Jeanne.

»Dabei will ich dir die Sterne zeigen, diese Diamanten, die so strahlen wie deine Augen. Weil ich aber auf meinen Zeigefinger geschaut habe, hast du ebenfalls auf ihn geschaut, und dadurch habe ich dich davon abgelenkt, das wahrzunehmen, was du hättest sehen können. Denk mal darüber nach! Aber ich habe dich unterbrochen, entschuldige bitte. Machen wir dort weiter, wo wir stehengeblieben sind ... bei deinen körperlichen Schwachstellen. Ich finde, in bezug auf deine Knie hast du dich nicht klar genug ausgedrückt. Bist du mit der Form ihrer Innenseiten nicht zufrieden oder mit ihren Rundungen?«

Auf diese Weise verhinderte Rivière, daß sie aufhörte, sich über ihr Äußeres Gedanken zu machen; die Aufmerksamkeit und die viele Zeit, die er ihrer ausführlichen Betrachtung schenkte, zeugten von seinem großen Interesse für diesen *nicht perfekten* Körper, und weil er Jeannes negative Selbstbetrachtung nicht ein einziges Mal in Abrede stellte – was sinnlos gewesen wäre, weil sie daran festhielt –, ließ er gleichzeitig nicht zu, daß sie sich seiner indirekten Verherrlichung widersetzte. Und dennoch waren seine Fragen so gehalten, daß sie der leisen Abscheu, die Jeanne von sich hatte, eindeutig widersprachen.

Nachdem sie Jeannes Makel für eineinhalb Stunden einer eingehenden Erörterung unterzogen hatten, sah Alexandre seiner Frau – war dies denn wirklich seine Frau? – zum ersten Mal an diesem Abend offen in die Augen und stellte ihr unvermittelt eine einfache Frage:

»Jeanne, glaubst du wirklich, ich würde so lange mit dir über deinen Körper diskutieren, wenn er abstoßend wäre? Wenn ich nicht begierig darauf wäre, ihn nackt zu sehen?«

Und noch ehe sie sich eine Antwort zurechtlegen konnte, stieß er die Weinflasche um, deren Inhalt sich über ihre Kleidung ergoß. Es wurde getupft, das Mißgeschick so gut wie möglich behoben. Aber dadurch, daß Alexandre ein scheinbar konkretes Argument gewählt hatte – die Zeitspanne, die er ihr gewidmet hatte und die nachzuprüfen und meßbar war –, hatte er ihr das schönste Kompliment gemacht, das ihr ein Mann jemals hatte zukommen lassen. Jeanne war entsprechend bewegt und wußte nicht, was sie sagen sollte, während Rivière ergänzend hinzufügte:

»Aber wir sind uns ja darin einig, daß heute Abend zwischen uns nichts passiert. Schließlich haben wir doch noch das ganze Leben vor uns! Was wir dagegen sofort tun sollten, ist, uns umzuziehen, ich bin völlig durchgeweicht!«

»Ich auch!«

Um aus ihren nassen Kleidern zu kommen, zogen sie sich also aus – er behende und mit der Unbekümmertheit eines Mannes, der zu seinem Körper steht und keine Scheu empfindet, ihn vor einer Frau zu entblößen. Jeanne musterte ihn verstohlen, stellte erstaunt fest, daß Alexandre in den letzten beiden Jahren rundum straffer geworden war, vollendete Männlichkeit ausstrahlte. Aber war er denn Alexandre? Er schien es nicht darauf angelegt zu haben, Begierde zu erwecken; in Wahrheit hatte Rivière durch die Hast, mit der er sich auszog, wie um sich nicht länger als nötig zur Schau zu stellen, seine Erregung zu überspielen versucht. Jeanne dagegen nestelte ungeschickt und zaghaft an ihren Sachen herum; erst als sie sich sicher wähnte, daß der Mann, der sie mit aller Zurückhaltung beobachtete, schwer zu entflammen war, begann sie sich zu entkleiden.

Sie knipste die einzige Lampe an – um deutlich zu machen, daß sie das Licht nicht länger scheute – und streifte den kurzen Paréo ab, den sie anstelle eines Rocks trug, so langsam, daß jeder Augenblick doppelt zählte. Das Zeremoniell, mit dem sie ihren Körper enthüllte, drückte zum erstenmal Stolz auf seine Schönheit aus, derer sie sich bewußt zu werden begann. Und obwohl ihre Beine nicht denen auf den Seiten der Hochglanzmagazine entsprachen, stellte sie sie derart ungeniert und selbstsicher zur Schau, daß es eine wahre Freude war und obendrein so verteufelt weiblich, daß die schwüle, unbewegliche Luft schier vibrierte. Weit davon entfernt, seinem inneren Drang nachzugeben, beschränkte sich Rivière darauf, sie mit großen Augen anzustarren, als sei da eine neue Sonne aufgegangen. Nun entblößte Jeanne die Körperpartie, deren Anblick fraglos atemberaubend war: ihren Rücken, einen umwerfenden Rücken, den nicht zu berühren Beherrschung verlangte. Alexandre mußte sich unwillkürlich räuspern, wohl wissend, daß er Jeanne dadurch ermutigte, ungeahnte Register ihrer Weiblichkeit zu ziehen und für ihn die Frau zu sein, als die sich zu offenbaren sie bisher nicht verstanden hatte.

Bald stand sie völlig nackt vor ihm, mit leuchtenden Augen und stolzgeschwellt bis in die Brustspitzen, was einer Ohrfeige an die Adresse von Rose gleichkam. Sofort legte sie eine Schallplatte auf und tanzte befreit wie Judith, die imaginäre Nachbarin von gegenüber, die zwei Jahre zuvor Alexandres Leidenschaft entfacht hatte und in Wirklichkeit das Spiegelbild seiner Ehefrau war, während er von einer anderen geträumt hatte.

In diesem Moment war Jeanne wie verklärt, ebenso schön wie die unerreichbare Frau, in die er sich verliebt hatte. So zurückhaltend sie sich einstmals gegeben hatte – jetzt tanzte sie frei von Selbstzweifeln vor diesem Mann, der vor allem ihre körperlichen Vorzüge sah und ihre Schwachstellen – die, obwohl er es nicht wahrhaben wollte, nicht zu leugnen waren – als durchaus reizvoll wertete, als einen offensichtlichen Grund zur Beunruhigung. Jedes Anzeichen dafür, daß der Widerspenstige überwältigt war, verbuchte Jeanne als einen Triumph, steigerte das Glücksgefühl, mit einem solchen Körper aufwarten zu können. Rivière hatte gewonnen; er hatte Rose besiegt, die Minderwertigkeitskomplexe seiner Frau in nichts aufgelöst. Entsprach das nicht genau dem, was man unter Liebe verstand – ihr den Raum zu einer solchen Befreiung zu geben, dazu beizutragen, daß die Bedenken, die seine Frau quälten, und die im Laufe der Jahre aufgestauten gegenseitigen Schuldzuweisungen abgebaut wurden? Indem er Jeanne dazu brachte, ihre Fesseln abzustreifen, kam Rivière sich endlich beziehungsfähig vor, weniger lächerlich, liebenswerter, fast geadelt durch seine Liebe. Zweifellos, sagte er sich, sind Frauen genau dazu da – um uns davor zu bewahren, im maskulinen Dasein herumzutaumeln, uns weniger als gescheitert hinzustellen, weniger schmutzig und elend, Männer zu sein.

Tanzend gab Jeanne ihrer Freude darüber Ausdruck, daß Alexandre der geworden war, den sie sich erhofft hatte: ein aufrechter, gereifter Ehemann, der das Schneckenhaus seiner Einsamkeit verlassen hatte, in dem er sich bewegt hatte, seit sie ihn kannte. Von diesem Augenblick an bedachte Alexandre sie mit der Aufmerksamkeit des heißblütigen Verehrers. Er tat dies aus dem sicheren Gefühl heraus, an ihrem Glück teilzuhaben und weil er ahnte, daß er dazu fähig war, ihre Worte nicht ungehört verhallen zu lassen. Jeanne war selig, daß der Alexandre, auf den sie so lange gewartet hatte, sie aufgeweckt hatte, indem er selbst aufgewacht war.

Es versteht sich von selbst, daß sie über ihn herfiel.

Als Jeanne am darauffolgenden Morgen die Augen aufschlug und zu dem noch schlafenden Rivière hinüberblickte, durchfuhr sie ein Schrecken: Die feinen Narben, die Alexandre nach der Operation hinter den Ohren zurückbehalten hatte, waren verschwunden. Sofort zog sie daraus den Schluß, daß an den beiden leicht abstehenden Ohrmuscheln gar kein Eingriff erfolgt war und daß dieser neben ihr schlafende aufreizende Körper unmöglich Alexandre gehören konnte!

Eine weitere Entdeckung bestärkte ihren Verdacht: Über sein Rückgrat verlief eine feine, noch rosige Narbe, die auf Berührungen empfindlich reagierte.

Und plötzlich war ihr, als könnte ihr Mann niemals fähig gewesen sein, sie so leidenschaftlich zu lieben, wie Rivière dies gestern Abend getan hatte, mit dieser ungezügelten, ja hemmungslosen Leidenschaft, die der Feind jeglicher ehelichen Begattung ist und die das einzige Rezept war, um ihren Widerstand zu brechen und ihre Lust anzustacheln. Alles an den Ereignissen der Nacht deutete auf Octave hin: die lodernde Begierde, die funkelnden Blicke, die sie ermuntert hatten, alle Zurückhaltung aufzugeben, die Verwegenheit, die niemals unbeholfen war, dazu dieses feinfühlige Drängen, ohne das eine Umarmung ein Florettgefecht mit einer abgestumpften Waffe bleibt, ein Ballett ohne Musik. Nein,

Alexandre besaß nicht dieses Talent, mit dem Octave gesegnet war, diese unerschöpfliche Erotik, die die Liebe, ihre Gerüche und ihre Geräusche zu etwas Himmlischem machen.

Jeanne rüttelte ihn wach.

»Warum?« fragte sie.

»Warum was?«

»Warum?«

Verdutzt riß er die Augen auf, aus denen in diesem Augenblick sein Gesicht zu bestehen schien, durchdringende Augen, die seine Nase vergessen ließen und seine Züge in den Hintergrund drängten. Als er bemerkte, daß sie verstohlen seine Ohren betrachtete, sagte er zu Jeannes Verblüffung:

»Ja, meine Ohren sind wieder wie früher. Ich wollte zu mir zurückfinden, mein wahres Gesicht zeigen.«

»Aber du hast keine Narben mehr hinter den Ohren«, stammelte sie.

»Was beweist, daß die plastische Chirurgie Fortschritte gemacht hat. Ich habe sie entfernen lassen.«

»Und die an deinem Rücken?«

»Ein Autounfall. In Auckland. Ein Jahr Krankenhaus, im Gipsbett. Anschließend Reha.«

Trotz dieser Erklärungen konnte sich Jeanne des Verdachts nicht erwehren, Octave habe es darauf angelegt, sich als ihr Ehemann bei ihr einzuschleichen. In den Wochen, in denen dieser Mann sich als Alexandres Bruder ausgegeben hatte, war es ihr schwergefallen sich vorzustellen, daß es einen Octave gab; jetzt verhielt es sich genau umgekehrt. Je nachdrücklicher er Jeanne davon zu überzeugen versuchte, daß er der Vater ihrer Kinder war – ungeachtet seines leicht neuseeländischen

Akzents –, desto mehr bestärkte er sie in ihrem Zweifel. In keinem Moment kam ihr die Idee, sie sei womöglich einer weiteren List aufgesessen; ihre neuerliche Verunsicherung stachelte Jeanne vielmehr dazu an, mehr über ihn in Erfahrung zu bringen. Wenn es ihm darum gegangen war, ihr Interesse an ihm zu wecken, hätte er es nicht geschickter anstellen können.

Als sie am Nachmittag nach Hause kam, fand sie Rivière faulenzend und schwitzend in einer Hängematte unter der Veranda vor, erschöpft vom stundenlangen Sonnenbaden, ausgelaugt vom Klima. Nachdenklich und behäbig – in jenen Breitengraden verdaut man nichts, alles wird ranzig – kritzelte er in ein rotes Heft, das dem ähnelte, das Jeanne einst dazu gedient hatte, sich ihren Kummer von der Seele zu schreiben. Die Duplizität verblüffte sie.

Sie ging auf ihn zu, wollte ihn begrüßen, und dabei fiel ihr Blick unwillkürlich auf den Titel, der in großen Lettern auf dem Einband prangte und sie neugierig machte: *Autobiographie einer Liebe.*

»Du also auch ...« sagte sie.

»Ja, und es wäre mir lieb, wenn du nicht lesen würdest, was in diesem Heft steht, zumindest nicht ohne meine Zustimmung und dann auch nur die Passagen, die ich selbst ausgesucht habe.«

»Hast du denn etwas zu verbergen?«

»Nein, zu gegebener Zeit mitzuteilen.«

»Wieso?«

»Du bist noch nicht soweit, gewisse Dinge zu erfahren, noch nicht. Deshalb möchte ich nicht, daß du dir das Heft in meiner Abwesenheit vornimmst. Es ist noch zu früh für dich, es in Gänze zu lesen. Wann für dich der

Zeitpunkt gekommen ist, dich auf diese Lektüre einzulassen, weiß ich nicht, das merkst du bestimmt eher als ich. Wenn dem so sein sollte, was mir unangenehm wäre, und du dies hier liest, dann sag es mir bitte nicht, solange du das für angebracht hältst. Es gibt Dinge, von denen man möchte, daß der andere darum weiß, von denen man jedoch nicht wissen möchte, was er weiß. Verstehst du mich?«

Rivière erging sich noch eine ganze Weile in verklausulierter Rhetorik, so lange, bis er sicher sein konnte, daß Jeanne geradezu darauf brannte, das rote Heft durchzulesen. Es gelang ihm auch, ihr weiszumachen, daß diese Lektüre überraschende Veränderungen nach sich ziehen würde, wenn sie sich nur in Geduld übte.

»Du kannst ja mal darüber nachdenken. Und dann wird sich herausstellen, ob du das, was ich geschrieben habe, verinnerlichen und das Beste für dich daraus machen kannst. Denn das, was du zu lesen bekommst, wird, wenn nicht noch ein Wunder geschieht, Schreckliches zwischen uns heraufbeschwören.«

Natürlich übertrieb Rivière, damit ihr das, was er zu Papier gebracht hatte, durchaus machbar erschien. Allerdings verstand Jeanne nicht, warum er ihr immer wieder riet, sich mit der Lektüre Zeit zu lassen. Alexandre dagegen konnte einen weiteren Pluspunkt verbuchen: Durch dieses Gespräch – bei dem er wie immer keinen Widerspruch duldete – hatte er sie davon überzeugt, daß das besagte schlichte rote Heft sie verwandeln und ihre gemeinsame Geschichte aus den Angeln heben würde.

Nachdenklich wandte sich Jeanne zum Gehen, blieb an der Tür zum Wohnzimmer wie angewurzelt stehen.

Unwillkürlich kräuselten sich ihre Lippen, zeichnete sich Verärgerung auf ihrem Gesicht ab: Alexandre hatte den Salon genauso unordentlich hinterlassen, wie er am Abend zuvor gewesen war. Sie schluckte und machte sich unwillig ans Aufräumen, mit verkniffener Miene, wie immer, wenn sie wütend war. Alles, was sie so lange verdrängt hatte, kam in ihr hoch. Ihre Wut unverhohlen zu zeigen, Dampf abzulassen, hatte sie nie fertiggebracht. In zwei Tagen würden die unterschwelligen Beschuldigungen wieder Triumphe feiern, die Spezialität von Jeanne, ihren Unmut nicht lauthals zu äußern. Alexandre würde zwangsläufig den Beleidigten spielen, und dazu kämen noch im einzelnen unbedeutende, in ihrer Gesamtheit niederschmetternde Vorwürfe. Kaum war er ins Nest zurückgekehrt, begann wieder der Ärger, der der Liebe abträglich ist, harmlos zu Beginn, aufreibend mit der Zeit.

Im Bewußtsein des drohenden Unheils – beinahe hätte sie gemerkt, daß Absicht dahinter steckte – rief Alexandre ihr nach:

»Jeanne! Entschuldige bitte, aber ich habe in der Küche nicht aufgeräumt. Eigentlich nicht der Rede wert ...«

Im Spülbecken stapelten sich schmutzige Töpfe, der Mülleimer quoll über mit stinkenden Abfällen, der Boden war übersät mit Essensresten. Wie früher auch, riß Jeanne sich zusammen und ging daran, Ordnung in dieses Schlachtfeld zu bringen. Als sie es fast geschafft hatte, tauchte Rivière auf, um Brot zu schneiden, wobei er absichtlich jede Menge Krümel auf dem Tisch hinterließ, den sie soeben blitzblank gewischt hatte.

»Kannst du nicht aufpassen ...«, murrte sie und fuhr erneut mit dem Schwamm über die Platte.

»Nein«, war alles, was er darauf erwiderte.

Jeannes Wangenknochen spannten sich, zumal Rivière jetzt noch etwas Außergewöhnliches und völlig Unverständliches tat: Er griff nach einem Ei, hielt es ihr vor die Nase und warf es dann in die Luft.

Wie versteinert verfolgte Jeanne die Flugbahn des Eis, ehe es als schleimige Lache knapp hinter ihr auf den Boden klatschte, genau dort, wo sie eben saubergemacht hatte. Da sie beim besten Willen nicht verstehen konnte, was er mit dieser Provokation beabsichtigte, war sie um so erboster, geradezu außer sich, aber nicht kaltblütig genug, sich wie sonst auch zu einer geschliffen ironischen Bemerkung aufzuschwingen; ihr geballter Zorn brach aus ihr heraus, instinktiv und völlig neu für sie.

Als sie die erste Zornessalve abgefeuert hatte, grinste Alexandre und sagte unerwartet sanft:

»Das tut gut, wie? Mal so richtig seinem Herzen Luft zu machen! Das nächste Mal warten wir erst gar nicht so lange. Denk bitte mal drüber nach, unseretwegen. Sei ganz locker!«

Jeanne bedachte ihn mit einem ausgesprochen kritischen Blick. Alexandre hätte es, impulsiv wie er war, niemals in der Hand gehabt, ein derart zielgerichtetes Verhalten an den Tag zu legen. Wenn er es nicht war, der sich so verhielt, dann war er sein Zwillingsbruder. Rivière konnte nicht umhin, Octave zu sein; es gelang ihm nicht, sein Naturell des verliebten Taktierers zu verleugnen.

Am selben Abend kehrte der vermeintliche Alexandre wieder zurück. Die Tropennacht brach über die Landschaft herein, um allem, was eine unbarmherzige Sonne ausgedörrt hat, Erleichterung zu verschaffen. Die Kinder spielten draußen mit Marcel, dem Hund, den Max in aller Strenge unterwies; Bérénice hatte zu einem vollendeten Stottern zurückgefunden.

Rivière war mit zwei Blumentöpfen mit jeweils einem Schößling bewaffnet.

»Was hast du denn da?« fragte Jeanne.

»Zwei saftige und kräftige Kiwischößlinge. Wir stellen sie unter die Veranda.

»Wieso zwei?«

»Die eine Pflanze ist männlich, die andere weiblich. Eine für dich und eine für mich. Wenn sie Früchte tragen sollen, braucht man beide.«

»Verstehe ...«

»Bist du eigentlich noch immer der Meinung, man sollte Pflanzen tunlichst sich selbst überlassen und sich nicht weiter um sie kümmern?«

»Ja. Warum fragst du?«

»Weil ich vorhabe, mich um meine Kiwi zu kümmern, auf daß sie sich gut entwickelt, was aber nicht heißt, daß ich auch deine gieße und beschneide. Es darf allerdings nicht soweit kommen, daß sie keine Früchte tragen, daß eine Ernte ausfällt, weil eine von beiden verkümmert. Aber diese Verantwortung will ich dir nicht auferlegen, solange dir das egal ist und du nicht einsehen willst, wie wichtig es ist, daß diese beiden Pflänzchen gedeihen.«

»Warum sagst du das?«

»Weil du offenbar glaubst, diese Kiwis könnten von ganz allein wachsen, die Natur würde schon dafür sorgen.«

»Gewiß, wieso nicht?«

»Kennst du etwas Lebendiges und Schönes oder Nützliches, um das man sich nicht zu kümmern braucht? Wenn du mir auch nur ein einziges Beispiel nennst, nur eines, verpflichte ich mich hiermit ausdrücklich, die weibliche Staude an deiner Stelle zu hegen und zu pflegen. An deiner Stelle!«

»Ist ja eine Riesenverpflichtung.«

»Machst du dich über mich lustig? Bäume ersticken, wenn man sie sich allein überläßt. Mit einem Fluß, einem Teich, einem Apfelbaum, einem Rosenstock, einer Beziehung, einem Rasen, einer Erdbeerpflanze ist das nicht anders!«

Obwohl Alexandre besonderes Gewicht auf das Wort *Beziehung* gelegt hatte, war schwer zu sagen, ob es bei einer derart überhasteten Aufzählung bei Jeanne angekommen war. Sie schien ihm rundum beizupflichten, daß jegliches Leben umhegt werden müsse, was, weil sie die Antwort auf Alexandres Frage schuldig blieb, zur Folge hatte, daß sie sich um *ihre* Kiwistaude würde kümmern müssen. Sie dachte nicht länger darüber nach, hatte sich, manipuliert durch seinen Schachzug, bereits mit diesem Gedanken angefreundet.

Rivière sprach weiter:

»Wenn es sich so verhält, wie du eben gesagt hast, wird dir die Aufzucht einer Kiwi bestimmt gelingen.«

Verwirrt, weil sie sich nicht erinnern konnte, etwas in dieser Richtung geäußert zu haben, fragte Jeanne automatisch:

»Was ist da so Großartiges zu tun?«

»Es handelt sich hier um eine ganz besondere Pflanze, die sensibel ist und auf eine schlechte Pflege sehr empfindlich reagiert. Wenn man sie nicht so behandelt, wie sie das braucht, vegetiert sie dahin und kann eingehen, ohne den Anschein zu erwecken, es ginge ihr besonders schlecht. Andererseits besitzt sie unglaubliche Fähigkeiten, besonders diese Hebridenart. Die weibliche Kiwi zum Beispiel setzt enorme Kräfte frei, wenn sie merkt, daß man ein Auge auf sie hat und sie gießt. Sie wächst rasch, um alles Licht einzufangen, das sie braucht. Sie bringt es sogar fertig, sich um eine Kiwipflanze männlichen Geschlechts zu ranken und ihr allein durch den Kontakt lebenswichtige Mineralien zu entziehen. Im Augenblick ist der männliche Schößling zu einem Miteinander bereit, ohne dabei den Kürzeren zu ziehen. Das Eigenartige bei dieser Pflanze ist, daß sie auf die Befriedigung der eigenen Bedürfnisse aus ist ... Aber da du dich ja anscheinend nicht damit befassen möchtest, laß es eben sein. Vorerst jedenfalls.«

»Warum sagst du so was? Das habe ich doch gar nicht behauptet ...«

»Zweifellos hast du recht, es ist einfacher, vorläufig alles noch der Natur zu überlassen. Da wir uns also einig sind, verbiete ich dir, deine Kiwipflanze anzufassen. Ich bitte dich sogar, mir ohne Wenn und Aber zu gehorchen. Ohne Wenn und Aber! Autsch!«

Mit diesem Aufschrei täuschte Alexandre vor, sich bei einem falschen Schritt den Fuß vertreten, möglicherweise sogar den Knöchel verstaucht zu haben. Die Hausgemeinschaft eilte herbei. Alle zeigten sich betroffen von dem Mißgeschick; es war nicht mehr die Rede von den Eigenarten der Hebriden-Kiwi, und es wurde auch nicht weiter in Frage gestellt, was Rivière Jeanne ausdrücklich untersagt hatte. Perplex – wie konnte sie ihm *ohne Wenn und Aber gehorchen*? – massierte sie seinen angeblich schmerzenden Knöchel und sinnierte über seine Anordnung nach, einen ausdrücklichen Befehl, dem sie weder Folge leisten, noch ihn zurückweisen konnte, verlangte Alexandre von ihr doch, zwei miteinander unvereinbare Dinge gleichzeitig zu tun. Damit hatte Rivière einmal mehr sein Ziel erreicht: seine Frau abzulenken und sie dazu zu zwingen, sich in Gedanken mit Themen zu beschäftigen, die ihr Bewußtsein schärfen würden.

Am nächsten Morgen fand Jeanne ihren Kiwistock bereits in einem jämmerlichen Zustand der Trockenheit vor. Die lauwarme Nacht hatte ihm fast den Garaus gemacht. Eine Kaffeetasse in der Hand und infolge der Schwüle des anbrechenden Tages bereits schweißgebadet, blickte Jeanne so mitleidig auf den Topf unter der Veranda, als sei sie es, der dieses Unheil widerfahren wäre; und es ärgerte sie, angesichts dieser weiblichen Pflanze, die ihr in ihrer Hinfälligkeit so schwesterlich verbunden zu sein schien, auf Alexandre gehört zu haben. Voller Entsetzen erkannte sie, was sie dadurch, daß sie untätig geblieben war, angerichtet hatte, und daß dies nur allzu deutlich bewies, wie unsinnig es war, sich zur Erfüllung ihres gemeinsamen Lebens noch länger auf ihren Mann zu verlassen.

Als sie ihrem Versprechen zum Trotz ihre Pflanze doch wässerte, durchzuckte sie der Gedanke – wieso, wußte sie nicht zu sagen –, daß sie umgehend handeln mußte, wenn ihr daran gelegen war, ihr vernachlässigtes Liebesleben wieder in Schwung zu bringen. Plötzlich verstand sie, wie töricht es war, immer nur abzuwarten, um Zuneigung zu betteln, für nichts und wieder nichts zu schmollen. Um nicht länger von Alexandres Launen abhängig zu sein, schien ihr nichts anderes übrig zu bleiben, als selbst dafür zu sorgen, daß ihre Bedürfnisse befriedigt wurden; diese scheinbar spontane Eingebung ließ sie nicht mehr los, während sie eine Pflanze zu retten versuchte, die mit dieser für Männer und Frauen so bedeutsamen Eigenschaft ausgestattet war. Wie sehr sie in ihrer Entscheidungsfindung manipuliert worden war und damit Rivières indirekt zum Ausdruck gebrachtem Wunsch entsprach, merkte sie nicht.

Der verliebte Stratege war mehr denn je von dem Gedanken besessen, Jeanne zu sich finden zu lassen. Wie intensiv er daran arbeitete, zeigte sich in den raffinierten Winkelzügen, die er sich ausdachte und die bei aller Manipulation, die mit Veränderungen nun mal einhergehen, einzig und allein der Frau zugute kommen sollten, die er vergötterte. Rivière war überzeugt, daß eine Beziehung harmonisch sein mußte. Er hielt also nichts davon, Jeanne gegen ihren Willen zu quälen, indem er sie besinnungslos liebte und alle möglichen durchaus gutgemeinten Anstrengungen unternahm, die für sie oft unerträglich sein konnten.

Angesichts der beiden Kiwis jedenfalls, von denen es eine zu retten galt, faßte Jeanne den Entschluß, von nun an ihren ureigenen Bedürfnissen Rechnung zu tragen, sich nicht länger in Verzicht zu üben und ohne Umschweife ihren Teil der Verantwortung für ihre Ehe zu übernehmen. Gewiß, es war Alexandre gewesen, der ihr durch sein Verhalten lange Zeit das nicht gerade schmeichelhafte Bild einer Frau vor Augen geführt hatte, die ihn über alle Maßen enttäuschte, aber es war auch nicht zu leugnen, daß sie sich bereitwillig in diese Rolle geschickt hatte. Jetzt wollte Jeanne frischen Wind in ihre Beziehung bringen und die Initiative ergreifen, um ihre Liebe von allen lästigen Anschuldigungen zu befreien.

In all den Jahren ihrer Ehe hatte Jeanne Alexandre übelgenommen, daß er sich beharrlich weigerte, auf Espiritu Santo, einer Insel des nördlichen Archipels der Neuen Hebriden, mit ihr eine Kokos- und Baumwollplantage anzulegen. Als Ehefrau hatte sie es schon früh aufgegeben, ihren Mann zu überzeugen, und diese Entwicklung mit Verbitterung quittiert. Dabei war es gar nicht Rivière gewesen, der sie an der Durchführung dieses Projekts gehindert hatte, sondern sie selbst, weil sie nicht aufbegehrt, sondern Alexandre ein Vetorecht eingeräumt hatte. Zum erstenmal wurde ihr das klar, ebenso wie ihr Verzicht, auf ihren Wünschen zu beharren, auf deren Erfüllung sie viel zu früh zugunsten ihres Mannes verzichtet hatte.

Jetzt war sie wild entschlossen, ihren Lehrerposten aufzugeben und sich auf das Wagnis einzulassen. Hoch zu Roß wollte sie die Gegend um die Big Bay ergründen, den kaum erschlossenen Norden der Insel Espiritu Santo, das Gebiet des friedfertigen kleinen Stammes der Big Bay, und sich dort nach einem brachliegenden Stück Land umsehen, einem abgelegenen, vom Pazifik umspülten Fleckchen, wo ihr langgehegter Traum Wirklichkeit werden sollte. Sie spürte jetzt, daß sie es schaffen konnte, daß sich auch ihre Kiwipflanze wieder erholen würde, das Gefühl, Erfüllung zu finden durch die Möglichkeiten, die sich ihr eröffneten. Diese Erkenntnis machte sie noch schöner, so strahlend schön wie jene, die nichts zu befürchten haben und die sich darauf einlassen, das, was ihnen am Herzen liegt, anzupacken. Wie gut doch den Frauen der Mut zu Gesicht steht, frei zu entscheiden!

Rivière nahm die Neuigkeit mit einem leichten Augenzwinkern entgegen und sagte dann:

»Na endlich!«

»Du freust dich?« fragte sie skeptisch.

»Über die Plantage? Nein! Darüber, daß du dich entschlossen hast, ja!«

»Bist du dabei?«

»Bei deinem Vorhaben, deinen Wünschen zu leben, ja. Da unten, nein!«

»Wie machen wir es also?«

»Wir könnten zum Beispiel ein richtiges Paar werden ...«

An diesem Tag hatte Rivière zum erstenmal die Gewißheit, daß Jeanne es fertigbringen würde, sich frei von allen Vorbehalten ein Glück zurechtzuzimmern, das ganz auf ihre so lange unterdrückten Bedürfnisse ausgerichtet war. Jetzt war es wohl an der Zeit, sie nicht mehr indirekt zu beeinflussen, einen Schlußstrich unter diesen so raffiniert ausgeklügelten Plan zu ziehen, der darauf abzielte, daß Jeanne sich ständig in Frage stellte und sich nicht mit vorschnellen Antworten zufrieden gab, um sie zu einer Frau werden zu lassen, die die Fesseln ihrer Vergangenheit abstreifte und sich ihrer Freiheit bewußt wurde. Ob er möglicherweise schon bald das schwindelerregende Vergnügen genießen würde, sich von ihr herumkommandieren zu lassen? Der verkappte Stratege wünschte sich nur eins: daß seine Frau die Gestaltung ihres gemeinsamen Lebens in die Hand nehmen und aus ihm einen rundum zufriedenen Mann machen würde, der er ohne sie niemals sein könnte. Noch belauerte ihn die halbseitige Lähmung jener Ehemänner, die nicht auf ihre bessere Hälfte hören; und Rivière war sich dessen bewußt.

Niemals wird man das Ausmaß des Kummers ermessen können, wie bitter es ist, ein Mann zu sein und in diesem Zustand der Betäubung zu verharren, außerstande, sich und den anderen einzugestehen, wie es in Wahrheit um einen bestellt ist. Eine Frau kann sich unmöglich eine Vorstellung von dem Elend unserer unabänderlichen Einsamkeit machen, der Einsamkeit der Blinden, die sich einbilden zu sehen, der Tauben, die meinen zu hören, der Stummen, die glauben zu sprechen. So viele Jahre mußten vergehen, bis Rivière endlich begriff, was es mit Dornröschen auf sich hat: Im Gedächtnis ihres Gedächtnisses wußte sie schon immer, daß ihr das Ereignis eines Kusses bevorstand. Er, Rivière, wartete sehnsüchtig darauf, endlich erweckt, durch seine Frau aus seinem somnambulen Dasein erlöst zu werden. Nach und nach dämmerte ihm, wie wichtig es für einen Mann ist, gefunden zu werden.

Abermals ließ der Fall Rivière in Port-Vila die Wogen des Klatsches hochschlagen und sorgte für ein Durcheinander abstrusester Kommentare: Schau einer an, dieser forsche Octave war also doch identisch mit dem Waschlappen Alexandre, der sich, nein aber auch, ohne einen Ton zu sagen vor zwei Jahren verdrückt hatte. Über seine Rechtfertigung den Behörden gegenüber konnte Major Webb nur verwundert den Kopf schütteln. Sein unbeweglicher, nach britischen Regeln geschulter Verstand ließ zwar gelten, daß ein Mann sich für seinen Zwillingsbruder ausgibt, wenn ihm das zum Vorteil gereicht oder wenn er sich für eine zum Himmel schreiende Demütigung rächen will, nicht aber, daß Rivière zu einer derartigen List gegriffen hatte, um seine ihm angetraute Ehefrau zurückzuerobern. Ein derart ausgefallener Grund war seiner Ansicht nach geeignet, eine Schwiegermutter zu rühren, nicht aber auch nur im entferntesten imstande, seine auf das ganze Ausmaß menschlicher Verruchtheit getrimmte Neugier zu befriedigen. Dem Ehrenmann haftet nun mal leider an, unglaubwürdig zu wirken. Außerdem begriff der herzlich wenig einfühlsame Major Webb nicht, daß Liebe ein Weg zur Erlösung sein kann, ein schmaler Grat, um sich davor zu retten, ein armseliger Spießer zu bleiben, ein Unterfangen, das jedes Mittel rechtfertigt, hält doch, wenn man nichts dazu beiträgt, die Liebe keineswegs das, was sie verspricht. Aber wie alle ausgemachten Schwachköpfe versäumte es Webb, beim Nachdenken auch sein Herz zu befragen.

Unterdessen stürzte sich Jeanne in Reisevorbereitungen, fragte sich aber immer wieder, wer dieser Rivière wirklich war. Um das herauszufinden, blieb ihr, wie sie sich einredete, nichts anderes übrig, als das rote Heft zu lesen, nach dem sie überall im Haus vergeblich gesucht hatte, bis sie es eines Tages bei ihrer Rückkehr auf dem Kühlschrank liegen sah.

Hatte Rivière es dort vergessen? Oder absichtlich dort hingelegt? Zunächst vermutete sie eine Falle, einen Köder; dann aber siegte ihre Neugier. Darauf gefaßt, mit peinlichen Enthüllungen konfrontiert zu werden, schlug sie das Heft auf. Nur wenige Seiten waren gefüllt, mit einer krakeligen und flüchtigen Handschrift, die sehr wohl die von Alexandre zu sein schien, wie sie zunächst erleichtert feststellte, ehe sie dann doch ein leiser Zweifel beschlich, als sie sich das Gekritzel genauer besah. Denn obgleich der unsaubere Strich der Buchstaben der früheren Schrift von Alexandre entsprach, war das Zeilenbild nicht ganz das gleiche und der Druck auf den Füllfederhalter weniger kräftig als damals. Aber war das nicht eigentlich logisch angesichts der Veränderung, die in Alexandre vor sich gegangen war?

Von vornherein mißtrauisch, glaubte sich Jeanne, als sie zu lesen begann, gegen alle Überraschungen gefeit – und wurde dennoch alsbald für ihre Vorwitzigkeit bestraft und eines Besseren belehrt. Alexandre hatte unumwunden – hätte er ihr das ins Gesicht gesagt, wäre er rot angelaufen – die beschämende Wahrheit niedergeschrieben: Er habe kein Vertrauen mehr zu seiner Frau, seit er wisse, daß sie mit dem Gedanken spiele, Selbstmord zu begehen, Unglück über die Familie zu bringen, indem sie ihn allein zu lassen gedenke mit dem unzumutbaren Schmerz ihrer doch noch so jungen Kinder. Dieser nicht auszuschließende Selbstmord, der zwischen ihnen stünde, diese Flucht, die sie sich vorbehalte, schließe aus, daß sich alles einrenken, er an der Seite von Jeanne wieder so glücklich werden könne, wie das nur mit einer Frau möglich sei. Jeanne stelle eine ständige Gefahr dar, ihn in tiefste Verzweiflung zu stürzen, ihn für das, was sie quäle, auf grausame Art büßen zu lassen. Er, Alexandre, ertrage es nicht länger, daß ein anderer ihm das vorwerfe, womit er selbst nicht fertig würde, sein Unvermögen, den Tatsachen ins Gesicht zu sehen. Als ob sein eigener Kummer über sein Dasein nicht genüge! Als ob er nicht schon genug mit unterdrückten Tränen zu kämpfen habe, von Qualen gepeinigt sei!

Unseligerweise, so schrieb er, habe er sich während seiner zweijährigen Abwesenheit nach unkomplizierten Frauen umgesehen, sich mit jungen Mädchen eingelassen, die weniger gefährdet waren, unbekümmerter; derart habe ihm Jeannes Einstellung zum Leben zugesetzt. Er habe es regelrecht darauf angelegt, sich in eine andere zu verlieben, sich eingeredet, dadurch von Jeanne loszukommen, die er dennoch nicht habe vergessen können. Er habe in fremden Betten ein friedfertiges Glück zu erhaschen versucht, sich von seiner romantischen Seite gezeigt, sich bemüht, junge, zu allem bereite Körper zu liebkosen. Aber diese vorgetäuschte Leidenschaft sei erniedrigend für ihn gewesen, ein einziges Lügengebilde, mit dem er sich selbst etwas vorgemacht habe; es sei ihm unmöglich gewesen, Jeanne zu vergessen, seine geliebte

Frau, die ihm als einzige das Leben lebenswert mache, die es in der Hand habe, sein Dasein zu verklären, ihn weniger damit hadern zu lassen, überhaupt auf der Welt zu sein. An ihrer Seite werde die bittere Tatsache, ein Mann zu sein, direkt annehmbar, zumindest weniger trostlos.

Traurig gestand Alexandre ein, daß er sie liebe, Jeanne, seine Ehefrau, gegen die er so viel Mißtrauen hege. Ja, er sei vernarrt in sie, rettungslos verliebt, auch wenn er wisse, daß seine innere Unruhe ihn weiterhin dazu verleiten würde, nach einer anderen Ausschau zu halten. Und mit diesem Geständnis stellte er sich als Schwächling hin, als Abgeschobener, als Verräter seiner eigenen Ideale, von Torschlußpanik gehetzt.

Jeanne spürte einen schmerzhaften Stich. Sie war fassungslos, daß diese Vertrauenskrise offenbar nicht zu beheben war, daß sie durch ihr einmaliges Liebäugeln mit dem Tod Alexandre für immer verschreckt hatte. Bis ihr klar wurde, daß sie ihn mit ihrem damaligen Vorhaben an seiner empfindlichsten Stelle getroffen hatte: Alexandre hatte eine panische Angst davor, daß der Tod sein neuerrichtetes Universum zerstören könnte.

Im Heft hatte er hinzugefügt:

Ich weiß nicht genau, wie ich jemals wieder Vertrauen haben kann. Damit diese Angst mich nicht verläßt und um unsere Beziehung noch mehr in Frage zu stellen, würde es genügen, wenn Jeanne vier grundlegende Verhaltensregeln befolgte.

Dieser Satz machte Jeanne neugierig, obwohl sie spontan beschloß, die vier Regeln, die laut Rivière mit an Sicherheit grenzender Wahrscheinlichkeit ein weiteres Auseinanderdriften ihrer Ehe garantierten, nicht zu befolgen. Um so mehr brannte sie darauf, sie zu lesen – ohne zu ahnen, daß Alexandre sie nur niedergeschrieben hatte, damit sie genau das Gegenteil tat. So war er nun mal, dieser Rivière, von Zeit zu Zeit bediente er sich einer Taktik, die seine Zuhörer dazu verleiteten sollte, sich seinen Vorschlägen zu widersetzen.

Wenn wir es darauf anlegen, schrieb er, *unser beiderseitiges Unrecht dauerhaft zu vertiefen, müssen wir unbedingt auch weiterhin für das, worauf wir verzichten, dem anderen die Schuld geben. Selbst wenn feststeht, daß der andere uns nicht direkt an der Verwirklichung eines Wunsches gehindert hat, genügt es, sich zu sagen, es sei seine Schuld, wir selbst könnten absolut nichts tun, um das zu bekommen, was wir brauchen. Um dies zu erreichen, empfiehlt es sich also, auch weiterhin unsere Bedürfnisse mit dem zu verwechseln, was sie befriedigen könnte. Wenn Jeanne sich ein drittes Kind wünscht und ich nicht, muß ich ihr einreden, daß ihr Wunsch und das Kind ein und dasselbe sind. Daß der Wunsch in ihr ist und das Baby, sollte es denn geboren werden, eine Äußerlichkeit, also etwas ganz anderes, darf sie keinesfalls merken. Sonst besteht die Gefahr, daß es ihr einfällt, ihren Wunsch nach einem Kind auf andere Weise zu befriedigen als durch eine Schwangerschaft. Dadurch würde ihre Enttäuschung schwinden, und das Fiasko stünde so gut wie sicher fest: Sie wäre vermutlich nicht mehr böse auf mich! Dieser erste Punkt ist von fundamentaler Bedeutung.*

Jeanne lächelte; dieser Text war ein Echo auf ihre eigenen Überlegungen, die sie angestellt hatte, als ihre Kiwi einzugehen drohte. Und als sie weiterlas, fiel es ihr schwer ernst zu bleiben.

Um alle Möglichkeiten des Scheiterns unserer Ehe auszuschöpfen, sollten wir uns ferner weigern, aktiv an der Überwindung unserer Beziehungsdifferenzen zu arbeiten. Es genügt also, über sie zu sprechen – was dann so aussieht, als läge uns die Lösung unserer Probleme am Herzen – und sich ständig zu fragen, warum es uns schlecht geht, nicht aber, was wir dagegen tun können. Die Suche nach den Ursachen ist eine intellektuell anspruchsvolle und höchst anregende Beschäftigung, die außerdem den Vorteil hat, hitzige Auseinandersetzungen zu entfachen, die mit Sicherheit zu keinen konkreten Lösungen führen. Dadurch, daß wir der gängigen Meinung anhängen, daß man sich in die Haare gerät und diesen Anlaß dann als Ursache für den Streit ansieht, sollte es uns gelingen, uns dauerhaft zu entzweien. Daraus folgt: Kein Gedankenaustausch über das, was einen wirklich quält, die Hand auf dem Feuer lassen und sich eingehend fragen, warum das Feuer brennt.

Der dritte Punkt war kürzer gefaßt:

Wir sollten uns ferner darüber klar werden, daß wir, um etwas in unserer Ehe zu verändern, als erstes den anderen dazu bringen müssen, sich zu ändern. Dies ist eine entscheidende Voraussetzung dafür, unsere Liebe mit einiger Aussicht auf Erfolg zu unterminieren. Wenn wir den Fehler begehen zu glauben, daß nur die Veränderung unserer selbst auch den anderen ändern kann, laufen wir Gefahr, den Schiffbruch zu vermeiden und möglicherweise glücklich werden.

Viertens wäre es sinnvoll, sich niemals konkrete Ziele für ein besseres Miteinander zu setzen. Wenn wir es geschickt genug anstellen und immer nur verschwommene und nicht eindeutige Wünsche anmelden, dürfte das die

Chancen, unsere Frustrationen beizubehalten, beträchtlich erhöhen. Wenn Jeanne so unvorsichtig ist, jeweils donnerstags zwei Stunden einzufordern, damit wir endlich einmal Zeit füreinander haben, ist es meine Pflicht, diesen Vorschlag als lächerlich abzutun, sie als berechnend abzustempeln, als unromantisch, und vorzubringen, es sei besser, impulsiv zu handeln. Dadurch erhöht sich unsere Chance, uns wochenlang zu verpassen.

Diese Regeln dürften von einem normalen Ehepaar, wie wir es sind, ohne größere Anstrengung einzuhalten sein. Wenn wir sie peinlich genau befolgen, sollte dies eine Neuauflage unserer einstigen schlechten Beziehungen sicherstellen und mit ein wenig Glück unser Unglück dauerhaft machen. Darüber nachzudenken ist nicht nötig; trotzdem könnten wir es tun. Mit einigen Einschränkungen sind wir bestimmt in der Lage, uns diese kurzen Anmerkungen zunutze zu machen. Nicht sofort, aber in den kommenden Tagen, und auf unerwartete Weise ...

Jeanne mußte über diese einzigartige und in ihrer Zielsetzung so widersprüchliche Erklärung derart lachen, daß sie gar nicht dazu kam, Einwände zu erheben; um so bereitwilliger stimmte sie den sich daraus ergebenden Schlußfolgerungen zu, begriff auch, wozu Alexandre sie indirekt, sozusagen zwischen den Zeilen aufforderte. Befehle zu erteilen, so einfältig war Rivière nie gewesen; seine wohlmeinenden Worte beschränkten sich darauf, Wege zu weisen, Möglichkeiten aufzuzeigen. In dem Bewußtsein, daß bereits ein ganz normales Verhalten zu einer Veränderung führen kann – Jeanne würde es anfangs schwerfallen, sich zu weigern, das zu tun, was sie bereits tat –, hatte er noch hinzugefügt:

Bevor wir eine Diskussion über all dies beginnen, wäre es ideal, wenn wir uns jeden Abend genauso streiten würden wie in jüngster Zeit, uns aber bemühten, richtig aus uns herauszugehen, anstatt um den Brei herumzureden. Es besteht kein Zwang, sich dieser Übung zu unterziehen, aber es könnte durchaus sein, daß wir diesem Gedanken nicht widerstehen können, der Jeanne immerhin mehr Spaß machen dürfte als mir.

Die Niederschrift schloß mit einem rätselhaften Satz, der Jeanne nachdenklich stimmte:

Bald werde ich mein Schwanken zwischen Octave und Alexandre aufgeben und alles offenbaren.

Tags darauf verspürte Jeanne prompt Lust, sich mit Rivière herumzustreiten, um ihm zu erkennen zu geben, daß sie sein Heft gelesen hatte. Alexandre hatte hin und her überlegt, wie er sie auf Umwegen dazu verleiten konnte, war sich aber nicht sicher gewesen, ob es klappen würde. Um so beruhigter war aber er, als sie sich über die Unordnung aufregte, die er absichtlich im Badezimmer hinterlassen hatte.

»Warum maulst du rum?« hielt er ihr vor. »Wie sollen wir uns richtig schön streiten, wenn du nicht klipp und klar sagst, was du denkst?«

»Ich habe mich deutlich genug ausgedrückt!«

»Was genau bezweckst du damit, wenn wir uns zanken? Wie soll ich darauf reagieren? Wahrscheinlich glaubst du, wir verdienten es nicht, glücklich zu sein, und deshalb verpatzt du sogar unsere Streitigkeiten!«

»Von wegen!«

»Vielleicht macht es dir angst, glücklich zu sein, und du versuchst, auf derart ungeschickte Weise davor zu kneifen ...«

»Gar nicht wahr ...«

»Dann fang noch mal an und brüll rum, damit ich merke, wie wütend du bist! Wähle Worte, die mich betroffen machen! Einverstanden?«

»Wenn du badest und anschließend die Wanne nicht

saubermachst, habe ich das Gefühl, mit einem Schwein zusammenzuleben!«

»Mit was für einer Sorte Schwein?« erwiderte er kühl. »Drück dich genauer aus! Entweder wir streiten uns richtig, oder wir verplempern nur unsere Zeit. Also genauer bitte. Komm schon, schrei mich an!«

Rivière wußte, daß er Jeanne zum Widerspruch reizte, wenn er ihr Vorschriften machte. Schon weil sie sich nur allzu gern von dieser für ihn unangenehmen Seite zeigte, seit sie festgestellt hatte, wie gut es ihr tat und wie befreiend es war, ihrem Zorn freien Lauf zu lassen. Aber dadurch, daß er sie gewähren ließ, ihr sogar noch Tips gab, bekam Rivière die Situation, die er selbst heraufbeschworen hatte, wieder unter Kontrolle. Was Jeanne ihrerseits unmöglich zulassen konnte.

»Nein«, entgegnete sie in dem Glauben, diese Entscheidung von sich aus zu treffen. »Mir ist die Lust vergangen, mich mit dir zu streiten!«

»Kann ich verstehen. Wieso nehme ich mir eigentlich heraus, etwas derartiges von dir zu fordern? Das führt doch zu nichts. Denk daran, wenn du das nächste Mal anfängst, mich zu beleidigen. Oder aber laß es bleiben. Als freie und unabhängige Frau solltest du dir das Recht vorbehalten, mich anzubrüllen, wenn dir danach ist. Ganz wie du willst. Obwohl ...«

»Obwohl was? Ich tue, was ich will!«

»Klar doch, sollst du ja auch. Was versteht man eigentlich unter einer wirklich freien und unabhängigen Frau? Für mich ist das eine Frau, die genau weiß, was sie will. Wäre das nicht eine Frau, die ihre Wünsche äußert, statt herumzumeckern, sie auf den Punkt bringt, zum Beispiel *Ich möchte ein aufgeräumtes Bad vorfinden*?

Ich frage ja nur ... Obwohl ich zugeben muß, daß ich mich stets für solche Frauen begeistert habe, die eindeutig Stellung beziehen und nicht ewig herumnörgeln ... Bist du sicher, daß du mich nicht anschnauzen willst?«

»Ja.«

»Verstehe ich durchaus, schon weil es nichts bringt, einfach loszuschimpfen, ohne zum Kern der Sache zu kommen. Ich schlage deshalb vor, daß du mich, wenn du nichts dagegen hast, ein paar Wochen lang jeden Tag anschreist, damit nach und nach alles zur Sprache kommt, was uns auf der Seele brennt.«

»Ehrlich gesagt ... hab ich dazu gar keine Lust, verstehst du?«

»Also gut, dann eben hin und wieder. Und überleg dir genau, was du sagst. Abgemacht?«

»Laß mich doch in Ruhe! Ich will nicht mehr mit dir streiten!«

»Also gut. Wenn du darauf bestehst ...«

Und um Jeanne keine Zeit zu lassen, darüber nachzudenken, was er da ausgeheckt hatte, fügte er hinzu:

»Stimmt es eigentlich, daß deine Mutter Schwimmhäute an den Zehen hat?«

»Unsinn. Warum fragst du?«

»Weil ich im Lotto gewonnen habe, nicht viel, aber immerhin!«

Damit ging er. Jeanne blickte ihm nach und fragte sich, was für einen Zusammenhang es zwischen Roses Zehen und dem Lotto geben mochte, und vergaß darüber, was Rivière ihr in verklausulierter Form nahegelegt hatte; Rivière, dieser begabte Taschenspieler, der sich so gut darauf verstand, sein Publikum abzulenken.

Dabei zauberte er aus seinem Hut nichts weiter als eine Zukunft, die befreit war von überflüssigem Verdruß. Ein ungewöhnlicher Mann, der es nicht ertrug, sein Glück dem Unglück zu überlassen.

Während der nächsten Tage war Jeanne darauf bedacht, das zu tun, was sie für ihren Seelenfrieden als vorrangig erachtete. Seit sie von Rose nicht länger um volle zehn Prozent ihres Gehalts erpreßt wurde, mied sie auch den Kontakt zu ihren Geschwistern, weil sie sich schämte, als undankbare Tochter dazustehen, als die sie sich empfand. Und weil dadurch die einst enge Beziehung zu ihrer Familie abgerissen war, nahm sie sich, um ihr Gewissen zu beruhigen, vor, ab sofort freiwillig auf einen Teil ihres Einkommens zu verzichten.

Sie eröffnete ein Konto, auf das sie jeden Monat ein Zehntel ihres Gehalts einzahlen wollte, nicht für Rose, sondern für ihre Kinder, denen dieses Geld später sicherlich gelegen kommen würde, wenn sie volljährig waren und ihre Ansprüche entsprechend kostspielig. Es ging ihr nicht darum, Rose zufriedenzustellen; vielmehr drängte es sie, den gleichen Betrag, der sie noch vor kurzem an ihre Vergangenheit gekettet hatte, dazu zu verwenden, die Zukunft ihrer Kinder abzusichern. Als sie in der Bank den Dauerauftrag unterschrieben hatte, überkam sie ein Glücksgefühl, und mit kaum unterdrückter Bewegung sagte sie zu dem Mann am Schalter:

»Wenn Max achtzehn wird, soll der bis dahin angesparte Betrag durch drei geteilt werden.«

»Haben Sie nicht zwei Kinder ...«

»Das stimmt. Trotzdem soll Max ein Drittel erhalten, und Bérénice ein weiteres Drittel. Merken Sie das vor, ich unterschreibe dann.«

»Und das restliche Drittel?«

»Das weiß ich ... noch nicht.«

Jeanne vertraute dem Mann am Schalter nicht an, daß sie sich schon immer ein drittes Baby gewünscht hatte, nur leider vergeblich, weil Alexandre dagegen war, und daß ihr dieses dritte Drittel als Ansporn für ein weiteres Kind dienen sollte, das sie zwar niemals bekommen, auf das sie aber auch niemals verzichtet hatte.

Um sich davon zu überzeugen, daß sie Alexandre nicht länger böse war, wollte sich Jeanne außerdem neun Monate Zeit nehmen, um auf der Insel Espiritu Santo eine kleine Plantage anzulegen, die *Raphaël-Plantage* heißen sollte. Wie unschwer zu erraten, hatte sie sich diesen Vornamen bereits vor Jahren ausgedacht. Neun Monate lang gedachte sie ihren Plan zu verfolgen, klammheimlich, ohne daß Alexandre, der sich geweigert hatte, der Vater ihres dritten Kindes zu werden, etwas davon erfuhr.

Dann nahm auch sie sich die Freiheit, ihre weiteren Vorhaben dem Heft von Rivière anzuvertrauen. Hatte nicht sie selbst vor langer Zeit diese mit *Autobiographie einer Liebe* überschriebene Beichte begonnen? Jetzt schrieben beide abwechselnd an ihrer gemeinsamen Autobiographie.

Bei ihrer Rückkehr von der Bank fand Jeanne das Haus in heilloser Unordnung vor; im Wohnzimmer lagen sämtliche Kissen verstreut auf dem Boden herum, schmutzige Kleidung und zerdrückte Joghurtbecher. Und wie schon früher hatte Alexandre seinen ganz persönlichen Beitrag dazu geleistet: Einzelne Zeitungsseiten lagen herum, hier die aktuellen Nachrichten, dort die Seite mit dem teilweise ausgefüllten Kreuzworträtsel; auf den hellen Teppich hatte sich der Inhalt eines umgestoßenen Rotweinglases ergossen, der kleine Couchtisch quoll über mit Essensresten. Einen Moment lang war Jeanne versucht, ihrer Empörung Luft zu machen, sagte sich dann aber, daß offensichtlich nur sie auf Ordnung bedacht war und deshalb Probleme hatte, mit diesem Durcheinander umzugehen.

Anstatt also loszuzetern oder sofort aufzuräumen, hielt sie es für gescheiter, ihrem Ordnungsfimmel, der sie unweigerlich in einer solchen Situation befiel, anderweitig freien Lauf zu lassen.

Erst komme ich und dann der Salon ... sagte sie sich und begab sich unverzüglich in ihr Zimmer, wo sie mit Feuereifer daran ging, ihre Schränke und Schubladen aufzuräumen. Jedes Wäschestück wurde auseinandergefaltet und wieder zusammengelegt, mit äußerster Sorgfalt sortierte sie Strümpfe und alte Kleider aus, band Stapel von Unterhöschen zusammen. Sie ging mit Akribie zu Werke, bis sie nach drei Stunden hektischer Werkelei ihrem Ordnungswahn soweit Genüge getan hatte, daß es ihr möglich war, im Wohnzimmer nichts anzufassen und lächelnd über die Herausforderung hinwegzugehen, die das unsägliche Chaos sort darstellte.

Nach dem Abendessen räumte sie den Tisch nicht ab, was ihr mit einemmal ungewöhnlich leicht fiel, mußte dann aber leider feststellen, daß Rivière sich nach alter Gewohnheit einen Film ansah, den das lokale Fernsehen ausstrahlte. Den ganzen Tag über hatte sie sich auf diese Stunden traulicher Zweisamkeit gefreut, darauf, endlich nicht mehr allein zu sein!

Nur Alexandre konnte derart dickhäutig sein. Dieses flegelhafte Benehmen sah Octave keineswegs ähnlich, es sei denn, es steckte Absicht dahinter. Nach einigem Nachdenken sagte sich Jeanne, daß sie sein Verhalten zwar mißbilligte, daß aber allein sie den Wunsch nach Nähe verspürte und daß es direkt aberwitzig sei zu erwarten, daß der andere diesem Bedürfnis Rechnung trug. Es war zwecklos, die Initiative dem anderen zu überlassen, und würde sie nur erneut zur Verzweiflung treiben.

Deshalb nahm sie sich vor, Rivière sein ungehobeltes Benehmen nachzusehen und auf sich selbst zu konzentrieren, solange er sich ihr entzog. Und da ihm an diesem Abend an ihrer Gesellschaft offenbar nicht gelegen war, tat sie sich selbst etwas Gutes.

Sie ließ sich ein Bad ein. Das warme Wasser entspannte sie, ließ sie eins werden mit sich. Nach und nach fand sie zu dieser Vertrautheit mit sich selbst, die eine Form von Zärtlichkeit ist und Trost. Wohligträge Ihren Gedanken nachhängend, wurde ihr nach und nach bewußt, wie unzufrieden sie eigentlich war. Diese bittere Erkenntnis war alles andere als erhebend, doch sie rang sich schließlich dazu durch, nicht länger ihren trüben Gedanken nachzuhängen, ehe diese zu übermächtig wurden und sie nicht mehr loszulassen drohten. Ihre enttäuschten Erwartungen – das bedeutete doch nicht das Ende der Welt! Und Jeanne wußte bereits, wie sie sich am besten von dieser Zwangsvorstellung befreite: Anstatt Alexandre Vorhaltungen zu machen, wenn er nach dem Film zu ihr ins Bett kroch, brauchte sie ihm nur zu sagen, wie schwer es ihr gefallen sei, diesen Abend neben und nicht mit ihm zu verbringen.

Sie griff zur Feder und ihrem jetzt gemeinsamen Heft. Und mit einer Offenheit, die von Vertrauen zeugt, schrieb sie sich alles von der Seele. Sie dachte nicht mehr daran, ihren Mann zu ändern, einer Wunschvorstellung nachzuhängen, die zwangsläufig Vorwürfe, Verbitterung und das Ende der Liebe produziert. Sie war sich ihrer Gefühle füreinander sicher, und im festen Glauben an den Anbruch eines neuen Tages schlief sie schließlich ein.

Jeannes ungeschminkte Niederschrift bewegte Rivière und erregte sein Interesse. Nach wiederholter Lektüre des roten Hefts dämmerte ihm, warum er seit zwei Tagen schlechtgelaunt in Untätigkeit verharrte: Es bestand ein Zusammenhang zwischen seinem Glück und dem seiner Frau, eine eindeutige Beziehung zwischen ihren komplizierten Charakteren. Kaum ging es ihr besser, weil sie an sich arbeitete, war bei ihm das Gegenteil der Fall, so als befürchtete er, Jeanne brauche ihn nicht mehr, und er müßte die Rolle des Beschützers, die er sich zugelegt hatte, abgeben. Erschüttert gestand er sich ein, daß sie vor zwei Jahren – am Abend seines Geburtstags! – nicht auf die Idee verfallen wäre, sich umzubringen, wenn nicht seine seelische Verfassung den Anstoß dazu gegeben hätte.

Mit ihrem Talent zur Übertreibung nahm Jeanne alles, was ihre Familie betraf, persönlich. Wenn sie früher darüber gejammert hatte, mit dem Haushaltsgeld nicht auszukommen – war das nicht in Wirklichkeit ihm anzulasten? Wenn er daran dachte, wie unglücklich sie seinetwegen gewesen war, wäre es dann nicht an ihm gewesen, sich am Riemen zu reißen? Hatte sie sich nicht in ihr Schicksal gefügt und alles getan, damit er nicht schwermütig wurde? Mit einemmal kam es Alexandre so vor, als hätte Jeanne in den Wochen vor ihrem ersten Selbstmordversuch ihr rotes Heft im Haus herumliegen lassen und sich gewünscht, er würde es lesen und merken, wie überdrüssig sie seiner Vorstellung von Liebe war. Und er gestand sich ein, daß er selbst damals unglücklicher gewesen war, als er geglaubt hatte, dazu verdammt, dahinzuvegetieren als ein Mann, der sich damit abgefunden hatte, so zu sein, wie er war, ein Versager, depressiv durch und durch, trotz des aufgesetzten Lächelns. Plötzlich wurde ihm bewußt, was für ein hoffnungsloser Fall er im Grunde doch war, wie er mit allen Tricks dagegen angekämpft und welch unheilvolle Folgen diese ständige Vorspiegelung falscher Tatsachen für die gehabt hatte, die er liebte.

Wenn Jeanne es fertiggebracht hatte, ihn vor sich selbst zu retten – und mit welchem Erfolg! –, indem sie ihm Gelegenheit gab, als Retter aufzutreten, konnte er sich im Gegenzug sehr wohl die Mühe machen, seine eigenen Bedürfnisse zu befriedigen. Bisher hatte er sich darauf beschränkt, Jeannes Verhalten zurechtzurücken, um nichts an seinem eigenen ändern zu müssen; jetzt, beim Lesen des Hefts, regte sich der Wunsch in ihm, dem Beispiel dieser hinreißenden Frau zu folgen.

Würde er es fertigbringen, die Rolle des unzulänglichen Ehemanns abzulegen, seine ureigene Rolle, an der er krampfhaft festzuhalten schien, auch wenn er das abstritt? Würde er den Mut aufbringen, für immer in die Haut eines Mannes zu schlüpfen, der es verstand, eine Frau glücklich zu machen? Was würde aus ihm, wenn er ein für alle Mal aufhörte, sich selbst zu bemitleiden? Es gibt Minderwertigkeitskomplexe, die – wenn man sie sich immer wieder vor Augen führt – zu guter Letzt so dominant werden, daß sie unseren Charakter negativ beeinflussen. Würde es ihm gelingen, seinem feigen Verhalten ein Ende zu bereiten und das Leben wieder so beherzt anzupacken wie zu Beginn ihrer Liebe?

Diese aufwühlenden Fragen vertraute Rivière dem gemeinsamen Heft an und fügte noch hinzu:

Mir scheint, daß wenn wir heute ein drittes Baby bekämen, es das Kind eines anderen Mannes wäre. Wenn wir es aber auf unserer Plantage zeugten?

Als Jeanne diese drei Zeilen las, in denen Hoffnung mitschwang, wußte sie, daß sie auf dem Weg der Besserung waren, vielleicht sogar auf dem Weg zum Glücklichsein. Und sie war ferner überzeugt davon, daß es keine andere Möglichkeit gab, das Verhalten des anderen zu beeinflussen, als mit gutem Beispiel voranzugehen. Mit keinem Wort hatte sie Rivière zu erkennen gegeben, daß sie sich noch ein Kind wünschte, aber sie wollte an diesem Herzenswunsch festhalten; und das Leben, das einem so vorteilhaft mitspielt, wenn man es sich zum Freund macht, schickte sich an, mit einer Überraschung aufzuwarten.

Die Bäume, auf die sie blickte, neigten sich fast widerstandslos im Tropenwind; überall verbreitete sich der schwüle Duft der Elsbeeren, mit einer Intensität, die betäubend wirkte. Draußen tobten die Kinder herum, planschten in paradiesischer Nacktheit in den Wellen des Ozeans, die sich schaumgekrönt des zusehends schmaler werdenden Sandstrands bemächtigten. Die Zeit der Zyklone ging ihrem Ende entgegen. Jeanne war es, als wohne sie dem Erwachen der Welt bei, die mit einemmal so weit war, daß es keinen Wunsch mehr zu geben schien, den sie sich nicht selbst erfüllen konnte. Um sich ihrer Angst und den ganz gewöhnlichen Schwierigkeiten einer Zweierbeziehung zu erwehren, verließ sie sich neuerdings auf Fähigkeiten, die man ihr dereinst auszutreiben versucht hatte.

Sie schlug die *Autobiographie einer Liebe* auf und begann zu lesen, was Rivière als Fortsetzung ihres gemeinsamen Tagebuchs geschrieben hatte:

Jeanne,

auf diesen wenigen Seiten möchte ich die ganze Wahrheit über mich offenbaren. Ich habe eine Veranlagung zur Untreue, gewiß doch, aber Du hast mich davon abgebracht. Du bist das unverhoffte Ereignis, das in mir den Wunsch geweckt hat, mich zu bessern, zu dem Mann zu werden, der es eines Tages versteht, Dir glückliche Stunden auf der Insel Espiritu Santo zu bereiten. Dein Groll war mein zuverlässigster Antrieb; ihm ist es zu verdanken, daß sich die schlaffen Segel unserer Liebe wieder gebläht haben. Meine Liebe zu Dir soll nicht länger auf einer Sparflamme vor sich hin köcheln. Durch Deine maßlose Enttäuschung habe ich zu mir gefunden.

Alexandre gibt es nicht mehr. Er ist in Auckland verschwunden, dank eines Autounfalls, der mich, verzweifelt, wie ich war, fast ein Jahr lang an ein Krankenhausbett gefesselt hat. Die Schriftstellerin Christiane Singer hat recht, wenn sie sagt, daß ein jeder von uns in seiner Liebesbeziehung für die Liebe auf Erden verantwortlich ist. Ich habe die Liebe mit Füßen getreten, indem ich es an Aufmerksamkeit Dir gegenüber fehlen ließ, nicht auf Deine Träume eingegangen bin, Deine hohen Erwartungen mit Häme quittierte. Meine scheinbare Leidenschaft zeugte von Unzulänglichkeit, meine Liebeserklärungen sollten darüber hinwegtäuschen, wie wenig ich imstande war, meinen Gefühlen Ausdruck zu verleihen.

In jenem eisernen Krankenhausbett habe ich begriffen, daß Du sieben Jahre lang bei mir warst, ohne daß ich bei Dir war. Man konnte mich an Deiner Seite lächeln sehen und glaubte, daß ich glücklich sei; es tat mir weh, Dich zu verletzen. Und dann erwachte in mir der Wunsch, Dir über Deine Verbitterung hinwegzuhelfen, Deinen Groll zu besänftigen, Dich von den Fesseln Deiner früheren Ängste zu befreien, von Deinen Überzeugungen, die Dich einzwängten, von den Alpträumen, die aus Deiner Kindheit herrührten und dem Bild, das Du Dir von Dir machtest, abträglich waren. Auf Biegen und Brechen wollte ich ein Mann werden, der Deinen Erwartungen entspricht, der bereit ist, sich Dir ganz hinzugeben, sich auszuliefern, der es fertigbringt, Dir zuzugestehen, Dich selbst zu lieben. Mein großer Wunsch bleibt der, daß Du in dieser ungetrübten Liebe zu Dir findest, die vor Egoismus und anderem bewahrt.

Octave – den ich in Neuseeland, wenige Woche vor meinem Unfall, wiedertraf – hat mich häufig im Krankenhaus besucht. Über Monate hinweg wich er nicht von meiner Seite, sprach wenig, vermittelte mir aber durch sein Schweigen die Anteilnahme, die ich brauchte. Da ich ihn fast täglich um mich hatte, erkannte ich mich selbst in diesem Doppelgänger, der stundenlang bei mir saß und nichts anderes wollte, als mir seine Zuneigung zu beweisen. Er lauschte meinen Worten, hatte Verständnis für mein Schweigen, für das, was ich für mich behielt und was mein Körper verriet.

Als er eines Vormittags einmal nicht länger bleiben konnte, kam er auf die Idee, ein Kinderfoto von uns beiden am Besucherstuhl zu befestigen. Seither war sein Blick auch dann auf mich gerichtet, wenn er nicht da war. Zunächst mußte ich darüber schmunzeln, doch dann tröstete mich die Vorstellung, er passe auf mich auf. Bei einem weiteren Besuch schnitt Octave sein Gesicht aus dem Foto heraus und warf es weg; dann heftete er das Foto, das jetzt nur noch mich – seinen Zwillingsbruder – zeigte, kommentarlos an den Stuhl. Und als ich mich auf diesem Foto anschaute, erkannte ich, daß ich mir selbst Gesellschaft leisten, mir all die Aufmerksamkeit schenken konnte, die er bislang aufgebracht hatte.

Mit einem Foto, einer Nadel und einer Schere hatte Octave mich nachdrücklicher überzeugt als mit Worten. Und das war der Auslöser dafür, daß ich zu der Sprache fand, die er sich seinerseits von seinem alten Lehrer, Monsieur Erickson, angeeignet hatte.

Ans Bett gefesselt, begann ich, mich ganz gegen meine Gewohnheit mit mir selbst auseinanderzusetzen; und diese neue Vertrautheit machte mir deutlich, wie wunderbar der ehrliche Umgang mit sich selbst ist, diese Vorstufe zur wahren Liebe. Mein Blick, der nicht länger abgelenkt war, wurde aufmerksamer, mein Verstand durchdrang die Oberfläche des Geschehens. Ich hörte auf, mir Steine in den Weg zu legen, und lernte, in meinem Leben Fuß zu fassen, die Langeweile zu verscheuchen, indem ich mich auf mich einließ. Mein Bruder ist nach Indien aufgebrochen, und Alexandre wurde nach und nach zu Octave. Je weiter ich mich von mir entfernte, desto weniger bedrückte mich mein Dasein, und unter jenem anderen Namen habe ich mich dann wiedergefunden. Ich könnte nicht mehr der Unhold sein, der Dir soviel Kummer bereitet hat.

In der Folgezeit habe ich verbissen daran gearbeitet, meinem Bruder äußerlich so weit wie möglich zu ent-

sprechen und eine Haltung einzunehmen, die der neuen Perspektive, aus der ich Dich sehe, entspricht. Ich habe Octaves Identität beibehalten und seinen Akzent nachgeahmt, um Dir rätselhaft zu erscheinen. In der Haut meines Zwillingsbruders auf den Neuen Hebriden wieder aufzutauchen war ein taktisches Manöver, um Dich von all den unschönen Erinnerungen der Vergangenheit abzulenken. Deinen bohrenden Fragen habe ich so geschickt wie möglich eine andere Dimension gegeben, um Dich zum Nachdenken über dein gewohntes Verhalten zu animieren, und indem es mir nach und nach gelang, Dich davon zu überzeugen, daß ich Octave bin, Deine Voreingenommenheit mir gegenüber auszumerzen. Es war mein sehnlichster Wunsch, daß Du Dich in den Mann verliebst, der ich immer sein wollte und dem daran lag, Dich wiederzufinden.

Daß ich Dir etwas vorgemacht habe, geht auf meinen Haß zurück, den ich für den Alexandre empfand, der ich war, diesen elenden Tropf, der es nicht fertiggebracht hat, Dir die Erfüllung zu geben, die Du verdienst. Als ich Dir später meine wahre Identität enthüllte, habe ich darauf geachtet, Deine Zweifel nicht vollständig auszuräumen, um durch meine Gegenwart weiterhin eine quasi hypnotische Wirkung auf Dich auszuüben, eine Taktik, derer ich mich bedient habe, um die unsinnigsten Deiner Verhaltensweisen in Frage zu stellen. Und dann brachte ich es einfach nicht fertig, einen Schlußstrich unter meine verlogene und doch so wahre Geschichte zu ziehen, mit der schillernden Persönlichkeit von Octave zu brechen, die ich seit meiner Geburt so gern verkörpert hätte. Du kannst Dir nicht vorstellen, wie unerträglich es ist, nur Alexandre Rivière zu sein, dieser ausgemachte Versager, dessen Gesinnung derart niederträchtig ist und der viel zu überspannte Ansprüche stellt, so vielen nicht zu realisierenden Träumen nachjagt, daß Octave mir als ein Hoffnungsschimmer erschien, um all dies abzuwerfen.

Natürlich war mir klar, daß dieses strategische Spiel, meine Tricks und Kniffe Dich verunsichern würden; aber Liebe geht für mich nun mal mit einem unglaublichen Ehrgeiz einher. Wenn meine Liebe Dich nicht glücklich macht, Dir nicht erlaubt, Du selbst zu sein, dann bin ich ihrer nicht würdig. Wenn meine Liebe Dich zweifeln läßt, ob Du ihrer wert bist, dann schäme ich mich, Dein Geliebter zu sein. Wenn meine Liebe Dir das Gefühl gibt, mit mir einsamer zu sein als ohne mich, dann ist ein Weiterleben für mich sinnlos.

Als ich begriffen habe, daß Du drauf und dran warst, Dich aus enttäuschter Liebe umzubringen, habe ich Dich darum beneidet, so lebendig zu sein, daß Du sterblich warst, so unendlich verletzbar. Als mir langsam klar wurde, daß ich imstande war, das zu überleben, was Dich umbrachte, habe ich mir eine Art Narkose verpaßt, eine zweifellos tödliche; denn von allem, woran unsere Liebe krankte, spürte ich nichts, ganz im Gegensatz zu Dir. Alexandre – das ist ein Hund, der nicht an seiner unglücklichen Liebe zerbricht, ein Unhold in Menschengestalt, der sich bereitwillig in die Unzulänglichkeit schickt. Octave dagegen war von seiner Veranlagung her grenzenloser.

Übrigens, seit Du mir gesagt hast, daß Bérénice nicht mehr stottert ... (Dieser Satz warf Jeanne, die sich große Sorgen um ihre Tochter machte, schier um, und sie fragte sich, auf welche wundersame Weise sie Alexandre etwas mitgeteilt haben konnte, wovon sie selbst keine Ahnung hatte. Dementsprechend verstört las sie also weiter:) ... *wäre es ja immerhin möglich, daß Du Lust hast, mir dabei zu helfen, daß ich mich weniger verachte, auf daß wir alle glücklich werden, Rhododendron gemeinsam zu leben.* (Warum bloß hatte er das Wort *Rhododendron* gewählt? Dieses unverständliche Bild verstörte sie noch mehr.) *Ich frage mich, ob du früher oder später nicht sogar Lust hättest, mir auf die Sprünge zu helfen mit deinen häufig so ausgefallenen Ideen, mir dieses Geschenk zu machen, das mir zu verweigern Dir selbstverständlich freisteht. Aber es könnte Dir ja durchaus Spaß machen, mich zu manipulieren, die Voraussetzungen dafür zu schaffen, daß ich beginne, mein Selbstbewußtsein zu entwickeln. Ich weiß nicht, ob Du so ohne weiteres Lust dazu verspürst oder ob Du Dir das noch überlegen und mit mir durchsprechen möchtest; ich weiß nur, daß ich es ohne Dich nicht schaffe, den Mann zu lieben, der Dir hier und jetzt gesteht, welche Abscheu er vor sich hat.*

Mit der Spontaneität der Verliebten griff Jeanne zur Feder und schrieb folgendes darunter:

Alexandre, als wir uns das letztemal geliebt haben, bin ich dreimal hintereinander gekommen, habe mir das aber nicht anmerken lassen, damit Du weitermachst! Du brauchst mir das nicht zu glauben, aber Du kannst ja mal darüber nachdenken, morgen, später oder jetzt gleich. Vermutlich wertest Du diese Offenbarung als eine vorschnelle Antwort auf Dein verkapptes Ansinnen, als Kompliment, das zu gelegen kommt, um nicht berechnend zu sein. Aber wenn Du mich fragst, wie die Farbe des Himmels ist, und ich ehrlich antworte – was kann ich dann dafür? Ich verstehe durchaus, daß Du diese Information lieber vergißt, wenn Du denkst, daß sie nicht der Wahrheit entspricht. Also lassen wir das. Es tut mir bereits leid, Dir dies anvertraut zu haben. Vergiß also meine Bemerkung, die ich leider nicht herausreißen kann, weil dadurch deine offenherzige Beichte auf der Vorderseite ebenfalls verloren ginge. Streich einfach durch, was ich hier niedergeschrieben habe.

Es versteht sich von selbst, daß Alexandre nicht umhin konnte, befriedigt zur Kenntnis zu nehmen, daß er, sofern Jeanne nicht geschwindelt hatte, ein geradezu umwerfender Liebhaber war (dreimal!); dieser Gedanke schmeichelte ihm, beschwichtigte seine Zweifel und hielt ihn in seiner Offenheit für Komplimente davon ab, Jeannes Worten zu mißtrauen.

Für Jeanne und Alexandre brach die schönste Zeit ihres Lebens an. Zuversichtlich richteten sie sich im schmalen Korridor des Glücks ein, glaubten an die Rhododendrenblüten ihrer Leidenschaft. Um nicht länger in ihrer Vergangenheit herumzustolpern, vertrauten sie – wie wir alle – darauf, ihr Leben lang auf das bauen zu können, von dem sie noch nicht wußten, daß sie es wußten.

14. April 1998 – 14. April 1999

Danksagung

Der 1980 in Phoenix, Arizona, verstorbene Professor Milton H. Erickson ahnte mit Sicherheit nicht, daß er mich, einen Franzosen, zu einem Liebesroman inspirieren würde.

Das Werk dieses überragenden Psychiaters hat auf seine Weise die Geschichte auf den Kopf gestellt. In der therapeutischen Praxis entstanden, scheint es mir von universeller Reichweite zu sein. Auch wenn ihre volle Tragweite noch nicht erkannt wurde, halte ich Ericksons Theorie in vielerlei Hinsicht für revolutionär: Sie läßt sich auf die Zweierbeziehung anwenden – was im vorliegenden Buch romanhaft und beileibe nicht wissenschaftlich geschieht – oder auf die Kunst der Menschenführung in einem Unternehmen, im Bereich der Pädagogik, der Rechtssprechung oder wo immer der einzelne zu seinem eigenen Besten den Prozeß einer Veränderung durchlaufen muß.

Ich fühle mich den Einsichten, zu denen ich durch diesen in Europa wenig bekannten Vordenker gelangt bin, verpflichtet, und ich danke meiner Frau, die mich mit seinem Denken vertraut gemacht hat, einem Denken, das Ihnen, sollten Sie sich eingehender damit beschäftigen wollen, noch aufschlußreicher wird als in diesem Roman. Selbstverständlich zwingt Sie niemand, sich diese Freiheit zu nehmen; Sie können diesen entscheidenden Beitrag zum Verständnis des Menschen auch weiterhin außer Acht lassen. Sollten Sie aber Ihrer Neugier nachgeben, lassen Sie sich nicht mitreißen ... jedenfalls nicht zu schnell.

Vier Autoren vor allem haben es verstanden, die Methoden dieses begnadeten Psychiaters wie Strategen zu erhellen: die Amerikaner Ernest L. Rossi, Jeffrey Zeig und Jay Haley sowie der Franzose Jacques-Antoine Malarewicz, der mir gefühlsmäßig nähersteht.

Mein Dank gilt einem weiteren großen Franzosen (den es empören dürfte, daß ich ihn als einen solchen bezeichne): Jacques Salomé, dessen eingehende – und so häufig plagiierte – elegante Betrachtung den Vorteil hat, einen Anschein von Schlichtheit zu wahren. Seine Denkweise hat mich befruchtet und übt weiterhin einen großen Einfluß auf mich aus.

Auch Hélène Petitier gehört zu denen, die dieses Buch geprägt haben; ich danke ihr für die sorgfältige Redaktion, die sie meinem Manuskript hat angedeihen lassen.

Darüber hinaus danke ich zwei einzigartigen Männern, zwei Franzosen am Ende der Welt, Bruno Keller und Jacques Clabaud, die es verstanden haben, mich von den Neuen Hebriden (heute Vanuatu) träumen zu lassen.

Zusammenfassung der Bibliographie

(dazu bestimmt, vertrauensvoll das 21. Jahrhundert zu beschreiten)

Jacques Salomé: *Papa Maman, écoutez-moi vraiment* (éd. Albin Michel)

– *Si je m'écoutais je m'entendrais* (éd. de l'Homme)

– *Le courage d'être soi* (éd. du Relié)

Milton H. Erickson: *L'hypnose thérapeuthique* (Vier Referate; ESF éditeur)

Milton H. Erickson/Ernest L. Rossi: *Hypnotherapie. Aufbau – Beispiele – Forschungen* (meines Erachtens das empfehlenswerteste!) (Klett-Cotta)

Jacques-Antoine Malarewicz: *Cours d'hypnose clinique* (Erickson-Abhandlungen; ESF éditeur)

– *Milton H. Erickson. De l'hypnose clinique à la psychothérapie stratégique* (in Zusammenarbeit mit J. Godin; ESF éditeur)

Jay Haley: *Die Psychotherapie Milton H. Ericksons* (Klett-Cotta)

Jeffrey Zeig: *Die Weisheit des Unbewußten. Hypotherapeutische Lektionen bei Milton H. Erickson* (Auer Systeme)